EXÍLIO NA PRIMEIRA CLASSE

Virgínia Cavalcanti

Virgínia Cavalcanti

EXÍLIO NA PRIMEIRA CLASSE

Romance

In Media Res

2018

Capa e projeto gráfico: Gabinete de Artes

Coordenação do projeto: Cynthia Kliment - Six Creative

Diagramação: InMediaRes Editora

Revisão: André Resende

foto de capa: Evandro Teixeira

Dados Internacionais de Catalogação na Publicação (CIP)

C376e

Cavalcanti, Virgínia, 1948-

Exílio na primeira classe / Virgínia Cavalcanti - Nova Friburgo - RJ: InMediaRes, 2018.

200 p

ISBN: 978-85-94016-03-4

1. Romance brasileiro I. Título

CDU: 821.134.3(81) CDD: B869.93

Educatoris Instituto de Educação Multidisciplinar Ltda

Rua Abdo Abi-Ramia, 81

28630-090 - Nova Friburgo – RJ

www.inmediares.com.br

Eu não estou indo-me embora,
tô só preparando a hora de voltar.
(Caetano Veloso)

Se a repressão não me pegar,
e se eu não morrer na contramão em Londres,
eu volto. Um dia, eu volto.
(Virgínia Cavalcanti)

Este livro é dedicado a Pedro, meu pai.

E a Pedro, meu neto.

É dedicado também a Oriel do Valle, Juju e Pierre Mérigoux, Mariquita Annis & family, que incondicionalmente, amorosamente, abriram suas casas para os exilados e foram o bálsamo para as incuráveis feridas de tantos e tantos. E a todos os que vivem neste poema:

UM MURO DE AMIGOS

Um muro de amigos
amortece as minhas quedas.

Um muro de amigos amortece as minhas quedas
e me deixo cair num silêncio ferido.

Um muro (defraudado) de amigos
amortece teimosamente as minhas quedas.

Onde você estava na noite de 31 de março de 1964?

Essa foi a pergunta do dia, que rolou durante anos ao longo da ditadura. Embora o golpe iniciado dia 31 tenha, de fato, acontecido em 1 de abril.

Eu tinha ido passar a Semana Santa em Juiz de Fora, com minha mãe, meu irmão e meu pai, o Coronel Pedro Cavalcanti, um militar de esquerda, que era assessor pessoal do Jango. Ele era responsável por garantir a segurança dos comícios políticos, nós estávamos em Minas por causa disso, de um comício que não me lembro mais se do Brizola ou do Miguel Arraes, e acabamos ficando por mais uns dias.

Na noite do dia 31, Jango telefonou para meu pai de madrugada, e todos nós saímos voados para o Rio. Minha tia Maria Cecília, comadre dele, era dirigente da CAMDE (Campanha da Mulher pela Democracia) que havia promovido A Marcha da Família com Deus Pela Liberdade. Há tempos de olho nos passos do meu pai, ela o denunciou, a casa da minha avó foi invadida, mas nós conseguimos sair um pouco antes. Por um triz papai não foi preso ali.

Assim que passamos Paraibuna a estrada foi fechada, mas conseguimos escapar de novo, e meu pai pôde chegar ao Rio, onde se enfurnou no palácio.

Minha lembrança seguinte foi a de papai ter vindo em casa trocar de roupa e de ter comido alguma coisa por causa de uma gastrite, após ter virado a noite. Como se através de uma lente de longo alcance – que o deixara inalcançável – , eu o vi do fundo do corredor, estava sentado no sofá da varanda. Ao fundo, pela janela aberta, vi também os papéis picados caindo das janelas, as pessoas celebrando a "revolução", colocando bandeiras do Brasil nas janelas, batendo palmas, enquanto na televisão alguém discursava. Flávio Cavalcanti, o apresentador ou Carlos Lacerda, o governador. Não me lembro mais. Tudo estava meio fora de foco na visão dos meus 15 anos já politizados e pasmos com a cena.

Meu pai então, com as bandeiras ao fundo, foi escorregando no sofá, afundando, afundando suas crenças e suas próprias bandeiras de uma vida dedicada ao ideal de, na prática, construir um país melhor. Acho que nunca mais se levantou. O telefone tocou em seguida para avisar que Jango havia deixado o país para evitar o derramamento de sangue, e que Brizola resistia no Sul.

No dia seguinte, começou a caça às bruxas. O Colégio Santa Úrsula, onde eu estudava, ao lado do palácio na rua Farani, já era conhecido como um colégio de esquerda, que apoiava o papa João XXIII, o Concilio Ecumênico, abrigava professores comunistas, era simpático à John Kennedy, De Gaulle, Paulo Freire, e outros líderes daquele momento em que o mundo parecia que ia dar certo. Uma heresia total.

Eu era presidente do Grêmio Estudantil e ativista da JEC (Juventude Estudantil Católica). Já trabalhava na favela com D. Helder Câmara e aplicava o método de alfabetização de Paulo Freire na igreja do Largo do Machado. Todos os nossos professores queridos, a quem devo tanto aprendizado de conteúdo, de vida e idealismo, foram imediatamente cassados, presos, perseguidos.

Assim começou o meu período de luta, de pesadelo e também de muito folclore regado a Beatles e a Festivais da Canção. Logo virei jornalista, a luta tomou corpo e cresceu mais ainda ao lado de tantos heróis anônimos. Sonhos e trajetórias de vida foram quebrados e muitos não tiveram conserto. Ao fim e ao cabo, eu tive o privilégio de ir para Londres, para o «Exílio na Primeira Classe», ao lado de muitas cabeças privilegiadas do país, como Fernando Gasparian, Celso Furtado, Paulo Freire, Oriel do Valle, Marcio Alves. Enfim, muitos dos que acolheram e deram suporte a jovens idealistas como eu.

As perdas foram doloridas e irreparáveis, mas valeram cada minuto sofrido por eu ter sido um dos tijolinhos que construiu a História e por ter permanecido fiel aos ideais de honestidade herdados por meu pai e por meus mestres todos. O tempo revelou os canalhas aproveitadores, nós os estamos vendo agora. Mas, como a gente dizia na época, todos os canalhas serão justiçados.

Um brinde aos companheiros de luta que abriram mão do seu caminho natural para entrar naquela luta desproporcional de peito aberto e pedras na mão, contra toda a crueldade e vilania, a artilharia pesada do exército.

Uma homenagem especial a Marcia Tranchesi Roriz e a José Carlos Meira Mattos, que, embora sendo de direita e com parentes líderes da repressão, me acolheram na fase da clandestinidade, e colocaram o valor da amizade acima da política. Como dizia o Zé, "não importa se você joga pela esquerda e eu pela direita, nosso objetivo é o gol". Foi a primeira carta que recebi no exílio. A estes dois amigos, dei o melhor presente que poderia: meu filho Diego Albuquerque, para ser afilhado deles.

Mas vencemos. Uma pena que o Brasil tenha ficado do jeito que está, uma pena este escárnio com qualquer ideal pelo qual lutamos um dia. Não há mais líderes, nem idealismo. Não há nem ao menos sonhos.

E você, onde estava na noite de 31 de março de 1964?

LISBOA

Ao chegarmos em Lisboa, caímos atravessados nas camas macias do hotel Sol Estoril. E dormimos vinte e quatro horas seguidas. Dali pra frente, seria cumprir o roteiro turístico pontilhado de reencontros e de buscas frustradas também, tentando alinhavar um contato com os tantos amigos exilados, até a escala final – Londres: a ilha, o porto e o abrigo. O penetrar assustador no ponto de interrogação.

A primeira carta que recebi foi uma surpresa inesperada e revitalizante. Vinha do Zé, um amigo do qual eu gostava muito, que era, talvez, o mais convicto dos meus amigos de direita. Quando saí do Brasil, ele tinha acabado de sofrer um acidente e eu achei que era melhor não dizer a ele, naquele momento, as verdadeiras razões da minha partida. Aliás, muito pouca gente sabia realmente por que eu estava indo para a Europa. Eu tinha pedido a um amigo em comum que, depois que eu partisse, e assim que ele achasse o Zé mais recuperado, contasse a ele toda a verdade. Para minha surpresa, recebi, na agência da Varig de Roma, a primeira carta do Brasil, mandada justamente por ele. Foi bom demais ler o que li, principalmente vindo de quem não compartilhava meus pontos de vista políticos:

Teresa,

Uma vez eu estava falando com um cara, que você nem sabe que conheço, quando não sei por que o assunto caiu em você. Aí ele chegou e disse: Teresa é uma menina muito legal pra gente usar e depois nunca mais ver. A gente chega, aproveita tudo que ela tem pra dar em termos de enturmação e influência e outros troços e depois até logo. Eu fiquei meio no ar com relação a você e fiquei mais ainda quando vi que diversas pessoas que te cercavam estavam agindo mais ou menos do jeito que o cara tinha dito. Eu então fiquei na minha e pensei: nesta eu não entro. Então eu me afastei, caí fora, já que eu não estava na de te usar e também não entendia o teu relacionamento com os outros.

Um dia eu fui à tarde até tua casa fazer não sei o quê. Sei que começamos a bater um papo e, quando vi, lá estava eu contando minha vida toda pra você, contando coisas que nunca passaria pela minha cabeça contar a ninguém, e lá estava você ouvindo e entendendo o negócio de uma maneira muito bacana, pegando tudo, sacando uma porção de coisas e então, sei lá, eu penso assim, neste dia eu estive um pouco dentro de você e peguei um pouco do que você realmente é, e vi que toda filha-da-putice de que te acusam talvez seja bem parecida com a que me atribuem. Não sei se você está sacando: o que eu estou dizendo é que talvez nós sejamos mesmo filhos da puta. O *problema é que nós temos nossas razões para ser deste modo.*

Bem, aí eu mudei em relação a você e passei a te considerar uma pessoa bacana. Não, não é isso que eu quero dizer. O que quero dizer é que passei a te considerar uma pessoa, uma do meu time, cê entende? E pouco me importa se você arma o jogo pela esquerda, pois o que importa é ganhar o jogo e se nós estamos com a mesma camisa, qualquer gol é gol e o negócio é bola pra frente. Esse troço que escrevi aí em cima talvez esteja meio babaca, mas diz bem a situação e dá pra entender.

Estou muito despreocupado por saber que você vai pra Londres. Digo: ótimo! Mas não te sinto lá muito animada com a viagem. Te sinto com cara de quem vai tomar remédio. Vejo você querendo se apegar às coisas aqui do Brasil e descobrindo sentimentos na hora de ir embora e fico achando que entrei no meio do filme. E aí eu saquei um troço, cê sabe: divido as pessoas em dois tipos - as pessoas que chegam e as pessoas que partem. Você, Teresa, é das pessoas que chegam. Você foi feita pra chegar e nunca pra partir e por isso vou me lembrar de você sempre chegando, nunca partindo, e talvez por isso é que você não tenha querido ninguém na tua despedida. Talvez tenha sido pra que a gente soubesse que você tava indo, mas que você não é de ir e, sim, antes, muito de chegar. Quero que você saiba que tem em mim um amigo, um cara que cê pode contar e que gosta bastante de você e que tá aqui puto da vida escrevendo esta carta e tomando café requentado, morou?

Porque o João veio aqui e me contou afinal o que você disse pra ele me contar. Quero que se foda. O problema é seu. E se tudo é como ele me contou, e se entendi tudo certinho, você não entrou na história de gaiata, antes, foi uma opção sua. Acredito na tua sinceridade e acho até que responde a muita coisa errada que falavam de você. Acho, enfim, que você encheu as medidas, uma vez que fez alguma coisa pelo que acha certo, numa hora que tá todo mundo enrustido. Então, Teresa, não vou julgar você – o que, aliás, seria de todo ridículo. Não vou pensar se o que você tava fazendo tava certo ou tava errado, se você tinha ou não razão para fazê-lo. O que vou dizer é que, no meu modo de ver as coisas, um país, o caminho que acha certo, um país que não acolhe o filho e, em vez disso, faz com que ele se mande, é um país que não presta, e que, na melhor das hipóteses, está podre, e você, sua gordinha sacana, é muito porreta pra morar nesta casa. Taí tudo dito como acho que é. E no mais, a amizade é uma coisa maravilhosa.

Um beijo.

As cartas do Zé, assim como as de outros amigos que ficaram no Brasil, seriam fundamentais para eu suportar tudo que iria passar. O interessante é que estes amigos que tinham ficado, e durante anos me enviavam pelo correio seu apoio constante, eram quase todos gente que nada tinha a ver com a política. Muitos até sequer tinham sabido de qualquer atividade minha neste sentido. E, decididamente, para manter a fé na vida quando tudo parece ter se acabado, é indispensável entender e ter provas, como tive, de que acima das paixões políticas existe e resiste a amizade.

NESTOR

Abri a lata de espinafre pré-cozido, misturei com a manteiga derretida na panela, tirei o bife do grill e servi Nestor.

– Teresa, vamos dar um pulo em Paris? – disse Nestor.

– Paris? Por que Paris? – perguntei.

– O Presidente vai estar lá. Ele veio para fazer o checkup habitual em Lyon e, depois, como sempre, vai passar uns dias em Paris. Vai ter uma série de festas em homenagem a ele. Você sabe, com aquela gente toda, os políticos, os estudantes, os intelectuais e todo mundo. Sempre é divertido. Vamos?

Olhei para Nestor e senti aquela tristeza incômoda que me dava verificar quanto o exílio pode transformar um homem. Uma profunda pena do casaco surrado, como o coração. A mulher do Nestor tinha voltado para o Brasil com os quatro filhos. Simplesmente tinha desistido. E o pior era que ele, como muitos, não parava de reinventar eternamente em torno de si uma fantasia de poder absurda, sem conseguir nem mesmo um emprego.

– Não sei, Nestor – resisti. – Vou ver se dá pra ir – continuei, mas estava claro que a ideia não me interessava apenas em parte. – Acho que gostaria mesmo de conhecer de perto o nosso Presidente. Afinal, de alguma maneira, foi por causa dele que vim parar na Europa, não é mesmo? Nossos destinos estão ligados... Quem sabe?

Nestor não estava em condições de acompanhar as sutilezas do meu humor, um tipo de anestesia que ainda funcionava para nos manter vivos.

O bife com espinafre no estômago faminto era um desses consolos pequenos com que a gente vivia se acarinhando no exílio. Enganar o estômago, o frio e a saudade. Uma espécie de pacto, de compromisso entre todos. Nestor comia com fome e calma aquilo que sabia ser uma sólida e rara refeição entre muitos chás com leite e sanduíches. Esperava de mim, que transitava bem na elite do exílio, um trabalho finalmente capaz de fazê-lo se sentir existindo. Desde 1964, quando saíra do Brasil, tentava inutilmente reconhecer e reencontrar algum pedaço seu, algum resquício do prestígio e influência que tivera. Nas terras estrangeiras que conheceu, ser mais do que um anônimo parecia um projeto louco e impossível. Culpava sempre, é claro, antigos companheiros que, por divergências ou desvios ideológicos, teriam, de maneira cruel, boicotado para ele qualquer chance de emprego no mundo inteiro.

– Conseguimos para você a bolsa na universidade de Essex – falei. – Você fica lá como residente, e escreve para eles o seu livro. Sobre o que mesmo vai ser? Olha, o dinheiro não é muito, é apenas uma bolsa de estudos. Se você batalhar um pouco, acho que pode conseguir dar aulas de política latino-americana. O que é que você acha?

Nestor engoliu outro pedaço de carne e fez de conta que não se abalou. Quantas vezes tinha chorado desde que deixara o Brasil? Quantas vezes tinham prometido a ele, jornalista e deputado brilhante, famoso em seu país numa época cuja memória estava sendo cuidadosamente destruída, quantas vezes neste tempo magro alguém tinha lhe prometido, sem que acontecesse, uma atividade pelo menos digna?

– Vou reescrever a História do Brasil desde a Revolução de 30, com informações reais, que só eu tenho. Uma nova versão da nossa História. A verdadeira. E, se der tempo, pretendo também reelaborar as teorias de Marx que, como você sabe, estão cheias de falhas. Não sei se vou poder dar aulas, não vou ter tempo disponível.

– Tudo bem, você resolve o que fazer quando estiver lá. Na hora que eles me comunicarem que está tudo certo, a gente te avisa em Paris e você pode vir de vez, tá legal? Acho que não vai dar pra trás. Tomara, né, Nestor? Você deve estar cansado desta batalha.

– Sabe, Tê, é muito bom isso de poder escrever. Tenho muitas informações preciosas que, quando forem reveladas, vão abalar o mundo. A morte do Che, por exemplo, eu e o Debray temos tudo documentado. Só que não podemos falar nada agora, porque estamos sendo ameaçados de morte, e você sabe que com a CIA a gente não pode brincar. Mas um dia destes a gente vai conseguir.

Era melhor desligar os ouvidos. Lá vinha de novo toda aquela quantidade de histórias fabulosas, as megalomanias que o Nestor ficava usando para desculpar seu insucesso no exílio. Como ele, quantos outros viviam se defendendo com a fantasia? Dava uma certa ternura, e uma certa pena. A gente não podia culpar, nem ajudar. E a droga é que eles ficavam uns chatos quando começavam a falar ininterruptamente daquele jeito.

Eu ainda não conseguia entender este processo frequente e doloroso – a deterioração que a não-volta causava nas pessoas. Muitos dos amigos que eu tinha encontrado criaram uma mentira que tornava suportável o absurdo da escolha que não tinham feito e que os dilacerava.

Eu me atordoava com isso e me assustava, sem conseguir chegar a uma conclusão: seria apenas parte inalienável deste processo histórico, da merda toda em que se atolara esta geração de transição, como orgulhosamente nos chamávamos no Brasil, antes de percebermos a gravidade das bandeiras empunhadas? Quanto tempo minha cabeça poderia aguentar? Quanto tempo iria levar até que a mesma coisa começasse a acontecer comigo? Ou será que eu conseguiria entender e me salvar a tempo?

PARIS

Paris era aquela cidade mais familiar. A França inteira, com plantações, encantos, intimidades, indelevelmente aprendidos nos livros azuis da Aliança Francesa, no cotidiano de M. Vincent e sua família.

Desci em Orly pela primeira vez. Eu chorava sem parar. Chorava o choro morno de quem chega, de quem aporta. De quem relaxa enfim no abraço seguro e conhecido daquilo que é seu. Me lembro: entardecia. Por coincidência, as luzes da cidade-luz estavam acesas. Inexplicavelmente nesse dia, segundo o taxista. Eu sabia que estavam acesas só para me homenagear, filha bastarda, porém fiel à França. Como era bom poder chorar em paz a emoção permitida!

Todos os meus sonhos e escolhas, como os da minha geração pretensamente imediatista, tinham sido forjados no existencialismo importado de Sartre, lido escondido das freiras do colégio. Tudo o que eu esperava de Paris era apenas sentar-me eternamente num daqueles cafés à beira do Sena ou no Quartier Latin, e absorver a cultura no simples ato de respirar.

A primeira vez. Me lembro bem: saí do hotel pequeno, típico parisiense. Estava com os pés cheios de bolhas de tanto andar pela Europa. Doíam tanto que ficou fácil transmitir para cada passo as dores agudas das saudades, das carências e dos desejos aflitos. Exausta, dolorida, feliz e curiosa, atravessei com pressa as largas avenidas que torneiam o Arco do Triunfo, em direção ao metrô e ao abraço tão ansiado dos ausentes queridos.

De repente, veio aquele sujeito coxo e fedido, passou o braço em torno do meu ombro e disse: on se promène?, vamos dar uma volta? Respondi com a palavra mágica que haviam me ensinado:

Salaud! que pode ser sacana, fedido, fdp, sujo. Tem a conotação do pior dos palavrões e era uma cortada irrecorrível para aquele tipo de abordagem frequente nas ruas de Paris. O braço pesado e malcheiroso se desprendeu de mim e sumiu na noite, escura demais para o que eu esperava daquela cidade.

Corri instintivamente para o metrô, que também era desconhecido, e uma angústia esquisita começou a se embolar dentro de mim. Mesmo assim, insisti. Tinha de ir em frente. Tinha vindo a Paris só para rever os amigos e saltei no Boul'Mich, Boulevard Saint-Michel, como se fosse chegar ao cerne do meu próprio coração. Não conseguia, porém, me sentir qualquer coisa mais do que perdida. Com irritante lucidez de que a familiaridade da cidade nunca estivera além das páginas dos livros, entrei num bar e pedi para telefonar.

O telefone ficava dentro do banheiro dos homens. De costas, entre piadas grosseiras e pênis mostrados como bofetadas, as lágrimas de cansaço e confusão corriam sem parar. Eu ligava, ligava e ligava todos os números, e não achava ninguém, nenhum dos amigos. Ou era o número errado.

De repente, saí correndo, me senti tonta, no bueiro do mundo e aí comecei a descobrir que Paris também é o lixo do mundo. Entrei no táxi, no meio do caminho me lembrei que tinha esquecido de trocar dinheiro e desci chicoteada pelos palavrões do taxista. Andei cega de pranto e dor, os pés massacrados, a alma estraçalhada pela decepção, o instinto guiado pelas letras impressas nos livros azuis da Aliança e cheguei – Deus e M. Vincent sabem como – ao pequeno hotel, à cama com travesseiro de plumas, ao sono desesperado como um porre.

No dia seguinte, pelo menos, o consolo do chocolate quente tomado no quarto começava de novo a iluminar a máscara e a magia turística de Paris.

Paris.

Num café, ficou marcado o encontro com André e Nestor. Joguei-me com toda a força das emoções descontroladas no abraço sólido, quente e querido de André, que, por um instante, me recebeu como se eu estivesse ali para aliviar dentro dele as saudades de todos os outros ausentes. Recebi com grata ternura o beijo na ponta do nariz, cumprimento especial que André nunca esquecia, ritual nosso há tanto tempo guardado na minha lembrança e no desejo. Agarrada ao seu abraço, as palavras se atropelavam na minha cabeça, e eu queria dizer tudo ao mesmo tempo, e também não queria dizer nada, apenas ficar ali junto dele rindo do meu pranto. Então fui falando, falando, falando.

– Sabe, André, Luiz casou, e no dia do casamento fez um puta discurso lembrando a tua ausência e a de Mário. Todo mundo ficou assustado. Mas foi tão bonito. E ele mandou dizer que vai ter um filho, e que se for homem vai botar o teu nome, vai te fazer esta homenagem. E tua mãe mandou dizer que vai vir logo. E Zé Maria pediu pra dizer que vai pro Chile e de lá vem encontrar você para continuarem a trabalhar como antes. E aquele colega da Química, aquele que usava uns óculos de fundo de garrafa, cê lembra? Ele pediu pra você escrever, que ele ainda tem você como um líder. Sabe como é. E o pessoal disse que eu devia ter um filho teu, porque assim se perpetuaria um cara com a tua fibra e carisma. E o teu charme, é lógico.

André olhava duro e seco. Me sacudiu pelos ombros e disse em voz cortante:

– Teresa, para, Teresa, para! Você está ficando louca? Vocês todos estão ficando loucos? Que que é isso? A gente aqui na maior expectativa pela sua chegada, a gente aqui no maior trabalho para analisar a situação política e mandar orientação para o pessoal lá continuar a luta, esperando você chegar com as notícias do andamento da revolução, e você vem com toda essa baboseira emocional, com esses recados idiotas? Que é que tá acontecendo, Teresa? Vocês enlouqueceram? Sei que tá todo mundo com saudades, isso a gente está cansado de saber. Eu quero saber é se ninguém tem nada pra me dizer sobre o andamento da guerrilha, sobre a situação do campesinato. A gente levou tanto tempo, teve tanto trabalho para elaborar e enviar toda uma estratégia de guerrilha vinda da área rural, e ninguém até agora disse uma única palavra sobre isso. Afinal, Tê, quais são os informes da situação política?

Olhei para André, desolada e aflita. Não sabia o que dizer a ele. Como contar que não havia mais guerrilha, não havia possibilidade de rearticular revolução nenhuma? Que os poucos que ainda não tinham se arrebentado estavam mal, muito mal, sem perspectiva e sem estrutura. Ao mesmo tempo, logo ele, que era tão lúcido, estar tão fora da realidade assim. Como é que ele podia falar tão convictamente em dirigir da Europa uma revolução que, naquele instante pelo menos, não tinha a menor condição de existir? Eu não podia entender muito bem o que se passava na cabeça de André. Por que reprimir as emoções que trazia e tinha certeza de existirem dentro dele? Do que ele estava se defendendo? Falei com calma:

– André, eu não trouxe nenhuma notícia política. Não essas que você espera. Recebemos, sim, a análise que vocês fizeram. Só que não tem a menor condição de a gente se articular agora, muito menos de tentar um movimento a partir do campo.

– Como não? Por que, então, ninguém me disse nada? Não é possível que você esteja dizendo a verdade!

– Bem, eu trouxe algumas cartas pra você. As coisas não estão nada bem. O pessoal está se fodendo mesmo, a repressão está acabando de acabar com a gente. Cada companheiro que cai, isola uma porção de outros. E o cerco está se fechando. Não há muita opção, André. Já entendemos que erramos em algum ponto do processo. Um erro fundamental, que ainda não dá pra localizar direito. Está claro que aconteceu, sem a gente perceber.

– Você tá querendo dizer que ninguém está fazendo mais nada?

– Não é bem assim, mas é quase assim. Quem está clandestino, quem não tem condição de sair do país, continua tentando uma luta meio desesperada, porque a gente sabe que não tem muita alternativa: ou a gente foge do país, ou é preso. Não está dando nem pra analisar a situação, porque a necessidade de sobreviver se tornou prioritária.

– Escuta, Teresa, o que é que vocês acham então que a gente deve fazer? Cruzar os braços, desistir e esquecer que tem o Brasil?

– Não, claro que não. A posição, agora, dentro do mínimo que a gente ainda tem condição de analisar, de tentar enxergar, é de que este é o momento de parar para rever, fazer uma autocrítica severa, um balanço dos companheiros perdidos e dos que sobreviveram. O único trabalho viável agora não está lá, está aqui. Tanto quanto a gente pode ver, a única coisa afetiva que pode ser feita, é manter e aumentar cada vez mais aquilo que o governo está considerando o crime número um contra a Nação neste momento: a difamação do Brasil no exterior. Quanto mais a gente divulgar a situação, mais chance tem de pressionar o governo, de alguma forma, de fazer alguma coisa pelos companheiros e ver qual seria a melhor maneira de retomar o processo revolucionário lá, daqui a algum tempo.

– Tê, não posso acreditar que tudo tenha acabado deste jeito.

– Pois é, André. A situação, infelizmente, é essa mesma.

– Bom, a gente tem feito o possível para divulgar aqui as torturas, as prisões, as pessoas desaparecidas e os engodos econômicos. Nosso pessoal está fazendo conferências em todos os países.

– Então, meu amigo, esse é o caminho. Assim que der, a gente pode sentar com outras pessoas e tentar ver melhor o que se pode fazer, tá legal? Agora vem cá, me dá um abraço que realmente tô com muita saudade. Me conta como é que tá você.

Pouco depois, Nestor chegou e se juntou ao papo. Foi melancólico vê-lo no estado em que estava. Só conseguia falar na primeira pessoa do singular, e misturava discursos de efeito sobre atividades mirabolantes que teria desenvolvido, com o relato depressivo do seu cotidiano.

– Sabe, quando cheguei no exterior, fui direto para Argélia procurar Barros. Afinal, eu tinha dado fuga a ele, você se lembra, não é? Aí, fui procurá-lo e cheguei a ficar algum tempo na Argélia. Como não tínhamos a mesma linha ideológica, de repente, ele resolveu achar que não deveria mais me ajudar. Tive de sair da Argélia. Ele espalhou uma ordem para que ninguém me desse emprego porque eu não pertencia ao partido. Caro, apesar da sacanagem, não me dei por vencido. Mesmo porque não poderia revelar que estava trabalhando junto com Débora para desmascarar as atividades da CIA na América Latina.

– E do que é que você tem vivido?

– Minha mulher dá aula na universidade. Ultimamente, a coisa andou meio difícil, porque os nossos quatro filhos tiveram tuberculose, e foi no inverno, e Emília, coitada, quase morreu, porque tinha que trabalhar e cuidar deles.

– E você? Não conseguiu trabalho nenhum?

– Me convidaram para uma porção de coisas importantes. Você me conhece: não vou me vender pra imprensa imperialista. Não posso sujar o meu nome trabalhando em qualquer coisa. Agora estou fazendo uns trabalhos, assim, esporádicos para um jornal da Argentina. Só porque um amigo pediu muito, e eu não quis decepcioná-lo. Importante mesmo são estes projetos que estou investigando para revelar ao mundo.

Era espantoso e deprimente ver um homem tão inteligente reduzido àquela convicção. Incapaz de aceitar a realidade da sua miséria humana. Doloroso demais encontrá-lo assim e, mais ainda, saber que ele não era o único. A única coisa que podíamos fazer naquele momento era dar muito carinho e as vagas promessas de conseguir algum trabalho bom para ele junto a outros amigos.

Antes de partir para Londres visitei Marcito. O papo foi na cozinha, onde ele preparou para nós um macarrão que até hoje chamamos de macarrão à Márcio Alves: talharim verde, bacon, presunto, queijo parmesão e creme de leite.

Eu estava tentando entender o que significava um exílio, o nosso exílio. Cada pessoa era uma surpresa e também um elemento que muitas vezes me confundia, em lugar de esclarecer.

Marcito me tratava bem, tinha uma situação privilegiada: sem problemas de dinheiro ou de relacionamento, morava com conforto e desenvolvia atividades como escrever e dar conferências.

Naquele momento, nem nele e nem em outros, sentiam a clareza, a clareza que eu mesma buscava a respeito do que estávamos vivendo. Ainda não havia condição de encarar o exílio como uma situação sem retorno, ou mesmo a longo prazo. Ficava difícil alguém se definir publicamente como exilado político, porque cortaria de vez uma esperança de volta que, naquela altura, ainda era muito forte e parecia viva, possível.

A FESTA

"Vai, meu irmão, pega esse avião/ você tem razão/ de correr assim deste frio, mas beija / o meu Rio de Janeiro/ antes que um aventureiro lance mão. / Pede perdão/ pela duração/ desta temporada/ mas não diga nada/ que me viu chorando/ e pros da pesada/ diz que eu vou levando/ Vê como é que anda/ aquela vida à toa/ e se puder me manda/ uma notícia boa"

O fundo musical era o último disco de Chico Buarque. Tinha também, é claro, os sambas-enredo do último carnaval e o nosso paradigma grego, Georges Moustaki: *"...il est mort/ je suis en exil/ et je meurs un peu avec lui/ chaque fois que tombe la nuit/ sur le soleil du mois d'avril..."*

Era sempre a mesma droga, como se, em terra estrangeira, todas as loucuras fossem permitidas. Podia-se lavar a roupa suja trazida de casa, e era tanta a sujeira jogada nestes valores coletivos fantasiados de festa, que ninguém na verdade reparava na dor particular de ninguém.

Eu tava de saco cheio deste clima de Ipanema, de Rio de Janeiro falando francês. Ou melhor, era tudo em português mesmo. *Com licença, abram alas, eu quero passar entre esses risos meio bêbados, entre esses corpos sempre roçando em busca da trepada da noite, e lá vou eu, meu copo de batida de limão na mão, a preciosa cachaça* – em direção a quê? Lá estava eu, bestamente no meio de toda aquela confusão. Bem que não queria ter ido, mas a gente também não podia ficar de fora, como quem desprezasse os próprios companheiros de desgraça. Era mesmo um saco aguentar essas idiotices iguais àquelas que a gente vivia nas festas do mesmo jeito sem pé nem cabeça do Brasil. A sensação que me dava era de que eu estava chacoalhando no meio das mentes soltas de todas aquelas pessoas, confusas entre o desespero das perdas sem retorno e o falso orgulho das conquistas que todo mundo sabia que não valiam nada. Como, por exemplo, a certeza de que redigir bem, perfeitamente bem, em sueco, inglês ou espanhol, não valia um puto dum minuto do sol de nossa terra da dourada salve, salve o céu de anil e ouro preto e o corcovado. Nunca mais...

Lá estávamos nós, os confrades do nunca mais, habitando como duendes aquelas florestas do mundo, comemorando nossa inacreditável capacidade de sobrevivência, de prosseguir num dia após o outro. E para quê?

Impossível não misturar as sensações. Eu me sentia como uma bólide, um corpo se deslocando em alta velocidade, ou como aquelas bolinhas de gude perdidas entre as patas dos cavalos dos policiais, numa passeata qualquer em que o espanto, mais uma vez, tinha permitido que alguns escapassem sem danos indeléveis, até segunda ordem. Ficávamos a um milímetro do massacre, e esta era a única possibilidade de conseguir a vida, de escapar.

Para onde?

Quantos dos que bebiam e gargalhavam naquela festa *bizzarre* e meio nauseante haviam algum dia corrido ao meu lado com o pavor de não poder adivinhar a sensação que seria receber um tiro pelas costas, ou uma porrada inesperada de cassetete? Poucas. Ou então disfarçavam muito bem suas memórias pesadas.

Ir embora também não adiantava. Então decidi praticar meu passatempo predileto: observar as pessoas, imaginar suas histórias, sentimentos, seus planos. Será que ainda tinham tudo isso conservado em formol, como os bichos de laboratório? Um dia, os cientistas do futuro provavelmente iriam ensinar aos seus alunos do ensino básico: essa era a esperança de um jovem brasileiro em 1968, e este aqui, deformado, era o seu amor em 1970, e essa, de pernas tortas, era sua fé na vida. Tudo, assim, feito uns monstrinhos, uns fetos abortados, criaturas para sempre incompletas.

Sentada no meu canto, no meu pedaço de chão, eu ficava assim, olhando, de baixo para cima, como o olho da minha câmera, e registrando as imagens demasiadamente típicas para despertarem qualquer sensação nova: cineastas, políticos em penca, muito fumo, anônimos tornados importantes pela situação do exílio, estudantes cristalizados para sempre no terceiro ano de filosofia ou no segundo de sociologia, filhos-de-papai-rico que achavam bonito dar uma de exilado com quinhentos dólares por mês no bolso, meninas que estavam sempre à disposição dos pobres forasteiros para dar prazer e uma gonorreia com sabor nativo.

Porra, será que isso não ia mudar nunca?

Havia muita gente séria, mas, ou elas nunca estavam nestas festas, ou iam e ficavam por pouco tempo, e era difícil encontrá-las. Ou então, esqueciam ali, temporária e merecidamente, a sua seriedade.

É verdade que a gente tava meio perdido, todos nós. E não importava muito, acho, o que essas pessoas traziam dentro de si. O que importava é que estávamos realmente todos no mesmo barco, e parecia que o equilíbrio de cada um dependia de evitar o naufrágio coletivo. Acho que não dava mesmo jeito da gente se desamarrar. Sozinha, não dava. Então a gente acabava ficando, ali, como em muitas outras situações semelhantes, mesmo porque não havia muito mais o que fazer. Lá estava eu, outra vez, esperando que alguma coisa acontecesse, chocando o meu passado como se dele pudesse brotar algum novo animal.

E aí, então, aconteceu de fato.

Foi quando aquele sorriso amargo e forte ocupou todo o espaço do lugar e apagou todas as imagens atordoadas, borbulhantes, cacarejantes e se fez um silêncio inteiro só em respeito para que aquele sorriso pudesse existir ali e agora, no momento preciso.

Levantei-me num sobressalto, igual e sempre a cada vez que ouvia o elevador parar e pensava: *desta vez é a polícia*! Um impulso violento dentro de mim me colocou de pé, como se de pé fosse a única posição digna para receber e acompanhar aquele sorriso. No corpo inteiro, como bofetadas, eu revivi de repente, em sensações, as inúmeras fotos de jornais e revistas que haviam jogado aquela mesma imagem na minha frente como uma presença marcante na construção da minha adolescência. E, ato mágico, ali, rompendo com força de vida a tinta morta dos tipos dos jornais e das fotos para o instante concreto, o riso do meu Presidente, o mesmo Presidente e o mesmo sorriso que tanto me fascinavam quando via apenas impresso, e agora eu sentia que poderia simplesmente estender a minha mão e tocá-lo, e fazê-lo real para mim. Só para mim.

Pude sentir com muita força cada pedaço meu reagindo àquele encontro. Meu coração engoliu o sorriso dele, e meus pés caminharam firmes e sem dúvida até o homem que mantinha estranha serenidade em meio àquela balbúrdia toda. Parei na frente dele. Meu olhar afastou com determinação inusitada qualquer interferência que pudesse perturbar aquele instante pleno, e mergulhei sem medo, buscando a alma da instituição oficial que se fazia gente na minha frente. Nunca, na minha vida, eu tinha sentido algo tão forte e tão completo. E, como se fosse apenas simples, e eu estivesse apenas chegando, sorri também para ele e disse:

– Oi, eu sou a Teresa.

LONDRES

O primeiro cantinho ao qual me afeiçoei em Londres – e acho que o único com que, durante muito tempo, me permiti criar algum laço, foi a "Pizza de Notting Hill", como a gente chamava. Era uma pizzaria que ficava quase ao lado da minha casa, e onde a gente comia ao som da melhor música clássica. Pedro, o gerente, ficou meu amigo. Era uruguaio. Tinha escolhido sair do seu país numa espécie de autoexílio. Conversávamos muito. Pedro sempre mandava preparar para mim aquela pizza com muçarela, cebola e molho de tomate que parecia muito com a que eu comia nos fins de madrugada no Gardênia, saudoso bar da Praça General Osório, em Ipanema.

A melhor coisa da Pizza eram as noites de segunda-feira. Toda semana, cumpria-se um ritual de saudade, preservação da raça e reafirmação da luta: latino-americanos se reuniam na pizzaria, violão e flauta, e cantávamos até alta madrugada as músicas das terras distantes. Éramos todos exilados carregando a consciência de que, em plaga estrangeira, cada um se tornava, de repente, como uma síntese, um símbolo vivo de seu país, de suas raízes. E de suas esperanças.

Naquelas reuniões não havia ingleses. Foi ali que comecei a ter a percepção de uma posição que me seria cobrada mais diante e com frequência em diversas situações. De uma perspectiva da qual, até então, eu não tinha me dado conta: eu não era brasileira. Tal condição, para mim, não poderia existir separada de um contexto. Para ingleses e europeus, éramos todos latinos. Vínhamos de uma mesma situação de opressão. Éramos capazes de uma mesma criatividade que os europeus haviam desgastado. Esperavam de nós uma combatividade para a qual sempre estavam dispostos a oferecer qualquer tipo de apoio.

Houve muitas madrugadas em que, saindo da Pizza, sozinha e no escuro familiar daquela rua, eu me via desejando desesperadamente ler alguma frase em português nos cartazes de propaganda. Chegava a ligar para o Brasil só para ouvir a voz da telefonista e ter, de alguma forma, a certeza de que estava tudo lá. De que eu não estava solta num universo sem referência. De que a esperança não era tolice.

A voz da telefonista era uma espécie de contato com o sonho e o passado, com o futuro. Às vezes, a gente ligava e pedia a informação de algum número de telefone em Belo Horizonte ou Recife só para ter o prazer de ficar ouvindo alguém que estava vivo naquele país que, em tantos momentos, parecia ser invenção do nosso anseio estrangeiro.

Era esta mesma necessidade de preservar o elo vital que nos fazia emergir desse mesmo anseio. Era esta mesma necessidade de preservar o elo vital que nos fazia mergulhar no fino canal do cordão umbilical, um aprendizado inevitável do valor do sol, da praia, do samba e do feijão preto. Do jornal brasileiro lido com dias de atraso nas agências elegantes da Varig. Pequenas chamas, sinais indispensáveis e certeiros, iguais às luzes sobre a escuridão da baía de Guanabara quando a gente fazia as reuniões políticas em Niterói e nunca sabia se a repressão nos deixaria atravessar de volta.

Do outro lado, o mundo oficial do Brasil em Londres. Isso era uma galáxia de brilhos insuportáveis para mim. Para eles, eu representava a imprensa da qual precisavam. Para mim, eles representavam a armadura, ou a atadura, indispensável para minha sobrevivência naquela hora.

Passeando devagar entre o ridículo das pessoas naquele coquetel da embaixada, eu gostaria que cada sorriso meu atirado àquela gente pudesse ser uma facada. Salvos o embaixador e o cônsul, inexplicavelmente dois seres que se podiam reconhecer como humanos, o resto era um absurdo incrível de falsidade e de um narcisismo decadente.

O adido cultural, baixinho, gordinho e puxa-saco, era o tipo ideal para piadas. Principalmente, carregando ao seu lado a esposa com cara de bruxa e roupas que ela chamava de exóticas – uma figura que ficaria bem em qualquer concurso de fantasias de horror. Todo mundo sabia o que aquele sujeitinho detestado até pelos colegas da embaixada chegava a fazer no seu escritório de adido: desde vender café brasileiro e outras coisas que recebia oficialmente pelo malote diplomático. Conseguia usar sua posição para as mais diversas ações e frequentemente se convidava para dar uma conferência sobre qualquer assunto do Brasil.

Para se manter, apesar do repúdio que o próprio meio diplomático não escondia por aquele corpo estranho que ele era, usava duas táticas: a primeira era carregar nas costas qualquer parente de gente brasileira importante que ele descobrisse estar em Londres. A segunda foi o seu grande golpe: inventou um negócio chamado BIBE - Boa Imagem do Brasil no Exterior. Uma invenção policialesca que pretendia combater a difamação do país, que tanto preocupava o governo militar. Sua pretensão expressa às autoridades do outro lado do oceano era de organizar uma revista para divulgar boas notícias sobre o Brasil. Na realidade, investigava e tentava manter sob controle a vida dos brasileiros que sabia terem chegado a Londres, convencendo uns poucos estudantes de que era praxe manterem uma ficha na embaixada, para serem apoiados em caso de necessidade.

Resolvi me retirar do coquetel quando a senhora do adido, não achando suficiente a mistura de sári com colar de índio, e incapaz de se controlar, decidiu fazer uma exibição daquilo que ela dizia ser uma dança indígena brasileira.

Cumpri a meia hora de permanência a que minha fachada me obrigava e fui embora. Tinha muito a fazer ainda naquela noite. Iriam me telefonar de Lausanne para dizer quando esperavam as notícias, e eu ainda precisava traduzir para o francês o material que tinha recebido do Brasil – denúncias de prisões, torturas, mortes, e também análises do engodo do milagre econômico e da propaganda bem-feita do governo brasileiro. Sistematicamente, e sem que o eficiente criador da BIBE suspeitasse, enviávamos as notícias censuradas e as análises da situação do Brasil para a Suíça, de onde eram redistribuídas para publicação e discussão mundo afora.

O ENCONTRO

Como era frequente, um destes cineastas de um filme só e muitos roteiros na gaveta disse ao ouvido do Presidente: Pepe, vai firme que ela é boa de cama. No Brasil, o pessoal costumava dizer que ela tem cara de chupadora. Você acha também?

Surdo, eletrizado, fascinado, a lembrar-se dos comícios em que a multidão gritava com intimidade e confiança seu apelido. O ex-presidente do Brasil, Pedro de Tal, carinhosa e sarcasticamente chamado de Pepe por seu povo, seus inimigos e suas amantes. O ex-presidente Pedro de Tal só via, na sua frente, a moça, tipo tão brasileiro: cabelos soltos e olhos castanhos, corpo roliço sem ossos em ponta, odor de suor suave misturado à alfazema selvagem. A moça que sorria para ele sem medo. Ele, Pepe: brasileiro e latino, homem, nascido nos pampas. Como se ele, Pepe, não tivesse sido personagem que foi empurrado para fora da História para seguir bestamente na vida.

– Oi. Eu sou Pedro.

Pedro de Tal tinha cinquenta anos bem contidos nos músculos e no bronzeado das longas caminhadas pelas estâncias uruguaias onde, à beira da esperança de pisar Goiás, dissolvia os vazios do seu exílio. O mais jovem Presidente de seu país, herdeiro político de um estado sem tradição, carregava em si a força do caboclo e a inteligência natural do povo. Tinha gostado de ser Presidente. Tinha gostado de criar gado. Tinha gostado do casamento pomposo com uma das moças mais bonitas do país, talvez da Terra. Tinha gostado de tudo que a vida lhe oferecera sem o menor esforço, até o dia em que um grupo de militares acabou com a brincadeira. Foi então que descobriu nunca ter tido nada de denso, sólido e talvez verdadeiro. Nada real como os cavalos e bois que criava. E desde então se sentia uma vaca solitária sentada no meio de um imenso pasto, esperando que algum acontecimento vindo de dentro fosse capaz de ordenhar toda a vida que sabia não ter vivido, apesar das aparências.

Aos cinquenta anos, Pedro de Tal conheceu numa festa em Paris uma moça de vinte e três anos, morena como o Brasil, feita de chocolate e ternura. Dela, não sabia nada, a não ser que sorria como se ele existisse além das fotos nos jornais. Era uma festa dessas idiotas, que ofereciam a ele o consolo de se sentir tratado como se tivesse ainda alguma importância.

Pedro olhou para o meu olhar de mulher absolutamente entregue e disse:

– Vamos embora daqui.

Pegou a minha mão e fugimos entre os segredos escancarados da madrugada parisiense. Caminhamos longamente em silêncio, abraçados, como só se caminha longamente em silêncio nas terras da Europa ou do interior do Brasil. O encontro foi tão violento que nenhum dos dois achava palavra para dizer. Nem vontade de dizer nada.

O CAPITÃO

– Londres – dizia meu amigo Oriel do Vale – é um lugar maravilhoso de se viver porque a gente nunca acaba de descobrir a cidade. Estou aqui há sete anos e a cada dia uma surpresa. Sempre parece que estou começando tudo outra vez, e a gente nunca se sente envelhecendo.

Eu estava começando a verificar que Oriel, correspondente da *Veja*, voz grave nas transmissões da *BBC*, meu grilo falante e amigo sem falhas, tinha razão: havia uma surpresa em cada esquina da vida londrina.

Naquela noite, minha missão era fotografar um concerto de música pop. Fui a contragosto porque, afinal, exceção feita aos Beatles, para a intelectualidade do meu país, música pop era submúsica. Mas trabalho é trabalho, e tudo vale pela experiência. E eu iria experimentar um novo tipo de filme, capaz de fotografar em cores e sem flash, coisa que no Brasil ainda não existia.

Consegui a credencial quase por milagre, porque em Londres trabalhar para o melhor jornal do Brasil, da República dos Camarões ou do Afeganistão era a mesma merda, tudo Zé da Silva, sem prestígio nem status. E todos queriam credenciais.

No buraco da orquestra, entre os outros fotógrafos, eu não tinha a menor expectativa a respeito do concerto, quando, de repente, comecei a perceber que alguma coisa estava me entrando lentamente no sangue, veia por veia, como uma droga ou um veneno, algo que me transtornava, alucinava aos poucos. Foi então que vi aquele homem louro com uma roupa de malha pregada no corpo de músculos exatos, suando e gemendo como quem faz amor com a guitarra, e o calor do corpo ardente de Alvin Lee foi me trazendo uma vertigem, e eu fui me embebedando na volúpia. Não havia mais nada, nem ninguém, a não ser aquele homem e eu. E a sua música que me acariciava. Carícias vertiginosas. Até que ouvi uma voz dizendo entre soluços no meu ouvido:

– Tê! Mataram o Capitão!

Um instante de vazio se fez de repente, e tudo o que enxerguei foi a figura magrela de Glória, ex-atriz do Cinema Novo, dizendo aquela frase incompreensível. Não entendi nada.

– O quê?

– Mataram o Capitão! – repetiu Glória, chorando.

Só então me dei conta do que se passava em minha volta. Olhei bruscamente para trás e vi que, dentro daquela arquitetura clássica que lembrava a austeridade do Teatro Municipal do Rio de Janeiro, centenas de jovens se sacudiam, gritavam, berravam a energia vital que a guitarra de Alvin Lee arrancava deles, como havia arrancado de mim o desejo alucinado por seu corpo. Uma geração inteira igual a minha, mas tão estrangeira quanto distante de tudo que nós, latinos daquela mesma idade, vivíamos e sentíamos naquele momento.

A mesma história com que nos atirávamos contra as metralhadoras nas emboscadas estava ali, explodindo entre as paredes sérias do teatro, e eu ainda não tinha visto nada até então, nem sabia onde estava direito, e o corpo do cantor era tão bonito, meu Deus. E os outros? Onde estariam os outros? Será que tinham matado todos? Será que algum dia iríamos morrer todos?

Meu corpo tremia como se num orgasmo ou como se a estraçalhar-se no espasmo de um choque elétrico. Aquele bando de gente enlouquecida cortava o espaço limitado com os mesmos gritos lancinantes das noites de tortura nas prisões, meu Deus, e agora? O que é que eu tava fazendo ali?

– O Capitão? O Capitão morreu? – Quis saber.

– Mataram, Tê. Aqueles filhos da puta mataram o Capitão. Puseram a cabeça dele a prêmio pelo sertão e acabaram conseguindo pegá-lo. Atiraram nele dormindo, Tê. Aquele puto do Fleury! E agora, Tê? O que vai ser da revolução? E os outros, Tê? Que será que aconteceu com eles? Acho que não vai dar mais pra gente voltar, não é, Tê?

Uma gana me subiu pelo pescoço, cravou-se em meus olhos e ficou agarrada nas ancas alucinantes do guitarrista. Senti o desejo crescer como o ódio e subitamente comecei a gritar, chorar e a jogar o corpo em qualquer direção, como fazia toda aquela gente que nada tinha a ver, e nem teria, com a minha dor, minha história e minha vingança. O colorido das músicas metralhava minha alma com as cenas do passado, ainda em carne viva, e com o sorriso quente do Capitão, sua voz de comandante absoluto, suas lágrimas cada vez que perdia um companheiro. Ele era capaz de chorar, meu Deus. Ele não merecia morrer.

Na minha infância, o Capitão não passava de ordenança de meu tio. Muitas vezes servia de chofer para minha prima no carro oficial. Eu gostava dele. Era divertido, contava casos, fazia eu me sentir uma adolescente importante, quase mulher. Me tratava com respeito e inteligência. Era uma das poucas pessoas que pareciam acreditar que, naquela época, eu pudesse ser capaz de pensar. Eu gostava dele como se gosta de um cúmplice.

Poucos anos depois do golpe, o Capitão sumiu da minha vida para reaparecer logo nas notícias dos jornais: era o líder de guerrilha mais caçado do país.

Voltei a vê-lo de uma maneira fantástica, inacreditável: o acampamento dele estava cercado há dois dias pelo Exército, no vale do Jequitinhonha. Eu tinha ido visitar meus tios. Estava na sala de visitas quando, espantadíssima, vi o Capitão entrar com tranquilidade. Sorriu para mim o sorriso de sempre, apertou afetuosamente a minha mão e disse:

– Vim bater um papo com o seu tio. Andei tendo notícias suas e fiquei contente de ver que você cresceu como sempre acreditei que cresceria. É muito bom saber que você está do nosso lado. Qualquer hora destas eu te procuro. Ah. Torça por nós. Vamos precisar de um bocado de sorte desta vez. Até.

Três dias depois, os guerrilheiros, numa ação espetacular, ludibriaram o cerco do Exército e escaparam do vale. No mesmo dia em que a notícia foi divulgada, recebi um telefonema lá pelas duas da madrugada:

– Tê? Aqui é o Raul. Dá pra sair um rango pra mim? Tô morrendo de fome, mas assim, aquela vontade de comer uma comidinha caseira. Sabe como?

Atônita, achei que o sono devia estar me confundindo e, mais por curiosidade do que por solidariedade, disse a ele que viesse.

O homem que se abrigou no meu abraço estava sujo, cansado e profundamente triste. Tomou um banho, dei a ele ovos mexidos, café e carinho. Preguei o botão de sua camisa e acolhi, no silêncio mais companheiro, as lágrimas do comandante que me falava daquela dor cada vez mais sem saída de perder os amigos nas batalhas da vida. O duro preço do querer. Parecia que, quando a gente estava unido pela luta, o afeto acontecia mais intenso, porque era escasso o tempo de mostrá-lo e sempre iminente o fim de cada ligação.

Depois, demos um abraço calado e ele sumiu pela madrugada. A última vez que o vi foi num dos dias mais agudos da minha vida. O capitão me mandou um recado pedindo que o encontrasse com urgência. Numa rua do subúrbio, ele falou:

– Você sabe dirigir, não sabe?

– Sei – respondi.

– Pois então, vamos precisar de você. Estamos saindo para uma ação, e justamente o companheiro que deveria dirigir o carro passou mal. Não temos mais ninguém disponível, você sabe. Tem caído muita gente, e não podemos contar com os vários amigos que estão precisando desaparecer por algum tempo. Você acha que pode nos ajudar?

– Claro – respondi sem hesitar.

– Tudo bem – disse Raul. – É o seguinte: você pega aquele fusca e espera na esquina da Rua Silva Ribeiro com a Avenida. Portas abertas, motor e rádio ligados. Vão entrar dois rapazes e uma moça, e você arranca o mais rápido possível. Não rápido demais pra não dar na vista. Segue pela Avenida, na direção da estrada. Eles vão te dizer o ponto em que você deve deixar a rodovia oficial e o que fazer depois, ok? Tudo claro?

– Tudo certo – respondi. – Pode deixar comigo. Boa sorte.

E o medo mastigando os corações.

– Não me ouviu? Mataram o Capitão! Você parece louca!

Olhei fundo nos olhos de Glória:

– Entendi, Glória. Agora, por favor, me deixa dançar.

E, meio delirando, rabisquei na embalagem do filme hipersensível:

I want that blond man
Under the red light
(The captain is dead

the Captain is dead)
I want to know if he feels
A woman like him feels
His music
(the Captain is dead
the Captain is dead)
I would like to know
How can I learn
To cry all this
The mixed feelings
The pain and the exctasy
(his smile is lighful
our fight keeps on)
How can I tell him
The touch of his sound
Makes me feel a woman?
(the Captain is dead
and the others, all the others?)

DAFFODILS

Na jarra sobre a mesa da sala, as daffodils, ou fffs, como carinhosamente os ingleses apelidavam as flores favoritas de todo o país, os narcisos, e minhas também. Amarelas, meigas, amigas e lembravam os lírios do campo.

Daffodils naquele canto eram o elo familiar de Pepe. Do meu Pepe. O corpo me doía inteiro. A alma me doía em pedacinhos. De sacudir-se no concerto pop. De safar-me das sacudidelas da vida. Deitei-me na cama ao lado do macho que cochilava tranquilo à minha espera.

O corpo de Pepe, mesmo no sono profundo, intuía a presença de sua fêmea. Enroscou-se e cresceu sobre mim, mergulhando no abraço macio e total, a mulher inteiramente frágil que se deixava acolher naquela coisa mais segura e sem certeza que é o momento do amor acontecer.

Eu chorava baixinho e devagar, e Pepe, semiadormecido, não percebeu minhas lágrimas, mas, savoir par Coeur, sabia de cor minha tristeza, e as mãos companheiras caminharam com firmeza e ternura no meu corpo moído, dolorido e nu.

A boca de Pepe comeu meus gritos com seu beijo, e a mulher dentro de mim estremeceu a cada centímetro que o toque dele transformou em vida e plena. A mulher machucada e entorpecida pelo prazer queria gemer e desmanchar-se na dor que dilacerava seu orgasmo e que espalhava em soluços e em mansa fúria o gozo deste amor tão particular. Pepe era o Brasil com cheiro de mato e gosto de terra vermelha, era as praças com igreja nas cidades do interior, era o trânsito confuso amargando a memória e traçando rumos desconexos no coração. Pepe era a saudade concretizada em minhas mãos pequenas demais, meninas demais para segurar tanto. Pepe era a esperança pesada de um dia, um dia, um dia, quem sabe um dia, a gente volta. Ele era a nostalgia das épocas não vividas. Das heranças adivinhadas, vivenciadas em tiroteios e passeatas, panfletos sem nenhuma compreensão maior do que um instinto de sair do sufocamento atroz e insuportável. Também era, naquele momento, uma prisão desesperadora, aquele peso de homem arrebatando a minha vontade e subjugando a garra da guerrilheira. E eu lutando, lutando, lutando com as unhas, os dentes rasgando, marcando a alma, a cabeça e a memória para sempre de Pepe. Com a minha força tão inútil, fraca demais, impotente para arrebentar qualquer muro distância ou recordação. Cedi, dominada e protegida, ao orgasmo que trazia para dentro de mim as sementes de vida daquele que se achava possuidor, do mesmo modo que as entranhas engoliam vitoriosa e orgulhosamente o choque do torturador que se julga senhor da história e do momento.

Estremeci várias vezes no abraço amado de Pepe. Agarrei-me a ele com a mansidão desesperada de quem intui que não tem mesmo outra saída senão a entrega. Os soluços ondeavam o corpo ritmadamente, mera constatação de mais uma perda, porque estava desaparecida toda e qualquer capacidade de me estraçalhar entre as farpas de desesperança. Muito antes, desaprendera qualquer coisa que não fosse o puro e simples instinto de sobrevivência, do qual faziam parte o amor pelo homem Pedro e a grama verde de Londres, proibida de pisar. Ao contrário de todos os outros que eu conhecera, não era proibido penetrar os segredos deste que era capaz de se entregar tão destemidamente na hora do amor.

Alguns momentos depois, entre lágrimas semi-secas e alguns cigarros, sob a luz do abajur amarelo no quarto imenso de quatro janelas e cortinas também amarelas para fingir o sol nas manhãs de inverno, consegui falar:

– Mataram o Capitão.

– Quem é o Capitão? – ele me perguntou, sem saber, de fato, de quem eu estava falando.

– O Capitão, Pepe – insisti. – Ele estava no comando da guerrilha no Brasil. O Capitão.

– Ah, sim – Pouco se espantou. – Ele não é do meu tempo – disse. – Aliás, essa história de guerrilhas surgiu bem depois que eu saí. Em todo caso, lamento. Você o conhecia?

Amargamente, traguei com a última baforada um gosto ruim de beijo estrangeiro na boca de Pepe, salivando a tristeza de não poder aceitar a decepção tamanha que seria suspeitar sequer que o mito político do ex-presidente Pedro de tal, por causa do qual muita gente ainda se colocava disposta a derramar sangue, era apenas um mito. Eu precisava decifrar o ser político que ele era. Sabia claramente que o homem entrelaçado no meu corpo era capaz de me arrancar magias que nenhum companheiro de lutas e de ideias jamais conseguira. E eu apenas me rendia, perdida, nas terras-de-ninguém dos meus sentimentos.

AS QUATRO ESTAÇÕES

O exílio em Londres era ameno. Cheguei no final do verão, entrada do outono. Aprendi, aos poucos, a lição das estações que se transformam para permitir à alma da gente não se cristalizar num único estado de exílio e num inverno sem conclusão.

No início, o deslumbramento dos dourados, marrons e verdes. Uma beleza demasiada para qualquer possível imaginação. Horas e horas à toa olhando a queda suave das folhas outonais, o vagaroso e sensual strip-tease das árvores e dos sentimentos agitados do verão. Me surpreendia muitas vezes com o fato tão banal de ter tempo para olhar e olhar, e olhar este espetáculo que envolvia meu coração num espanto morno. Pisava com gosto infantil os montes e montes de folhas douradas espalhadas pelos parques. Um dia, vi aquele senhorzinho olhando tão atento para o pequeno gramado em frente a uma casa, que me aproximei para entender o que ele via com tanto cuidado.

– Alguma coisa acontecendo? – perguntei.

– Psss... – fez o senhorzinho. – Estou olhando esta florzinha solitária para protegê-la com o calor do meu olhar e guardar sua imagem no meu coração, porque sei que o inverno vai ser longo e vou precisar ter a lembrança das flores bem nítida na memória. Se você quiser me acompanhar, pode ficar, mas fique quieta, em sinal de respeito. Esta é uma das últimas florzinhas que estão sobrevivendo neste outono.

Eu me deixei ficar ali, ao lado do senhorzinho de sobretudo, chapéu e cabelos brancos, pés grandes e muito amor no coração. Deixei-me ali, apreendendo a florzinha. Dessas coisas que só em

Londres acontecem. A mágica real desta cidade única.

Veio o inverno. Triste, pesado, cinza e enlouquecedor como um túnel sem depois. Era quando os brasileiros começavam a ter escorbuto, ou problemas de classificação, ou pelada, *alopecia-areata*, e os médicos britânicos recomendavam que tentassem se curar absorvendo os mínimos raios do que se pudesse chamar de sol naquela situação sempre cinzenta. Era um indício assustador ver o físico da gente apanhado de surpresa, quando a gente estava tentando fazer de conta que estava tudo bem, e a saudade, a ausência, se instalavam em depauperações concretas. Patético aquele pessoal triplamente encasacado com cabelos falhados tomando sol na frente da casa. Assustador. O inverno parecia que ia ser para sempre e tudo igual. A gente saía pelas ruas buscando as lojas, e o colorido das frutas, da carne nos açougues. Até as revistas penduradas no jornaleiro eram como que débeis lembranças de vida, ou como bravos guerrilheiros resistentes no colorido destacado e audacioso.

– Oi, cê tá acordado? – liguei para o compositor.

– Que horas são? – Ele quis saber.

– Três.

– Da manhã ou da tarde? É o terceiro inverno que passo aqui e é sempre tudo da mesma cor. Nunca sei quando é dia ou noite. Não aguento mais.

– Acabei de receber o disco do Roberto em que ele canta a música que você fez pra ele e a que ele fez pra você. Quer ouvir?

– Quero, põe aí mesmo, no telefone.

A vitrola portátil, a voz familiar de Roberto, as lágrimas correndo sem vergonha alguma e as verdades passando pelo fio do telefone: "*tudo certo como dois e dois são cinco, estou longe perto, debaixo dos caracóis dos seus cabelos...*"

O primeiro inverno foi um real exercício de resistência ao desespero. Trancar-se em casa, nos teatros e nas próprias reflexões. Quando tudo parecia não ter mesmo jeito, lá ia eu, um dia, no banco da frente, no segundo andar do 159, o ônibus que subia sem pressa a West End Lane, quando eu e todos os passageiros vimos ao mesmo tempo: lá embaixo, no gramado pequeno de uma das casas da rua, as margaridinhas humildes e sorridentes, o primeiro sinal tímido e seguro da primavera. Reação instintiva: todo mundo no ônibus começou a se abraçar rindo e chorando, saudando com alegria a recompensa de quem suportou o monocórdio e sufocante tempo de cinza.

Nada como o sentimento de primavera, o renascer, o reabrir o peito e as janelas, o ver o sol voltando devagarinho como um amigo volta revigorado de uma viagem de férias. E as flores, flores, flores, e os morangos cobrindo ruas, estradas, se derramando da bolsa e da boca das pessoas, vermelhos como a vontade de viver.

Não fosse o exílio, eu não teria conhecido o que significa a primavera. Nem aprendido esta lição essencial: atravessar com confiança o escuro, porque um dia, com certeza, do alto de um 159 qualquer, a gente veria as margaridinhas que não traem a espera e a esperança. No outro inverno, saberia que a primavera iria chegar.

Finalmente, o verão. Tudo sentido na pele, no riso, no suor e na nudez. As gentes nas ruas, o canto nos parques, as cores no corpo e todos trocando sorrisos e visitando as casas e as cidades abertas em escancarada e sensual gargalhada para receber todo mundo que era bem-vindo naquele tempo de não pensar, de só existir com os poros, o cheiro, a fantasia permitida em cada instante do cotidiano, subitamente feito festa. Sem ressaca, que o outono era manso, e a gente se entorpecia devagar.

A FRONTEIRA

Cinco e meia da manhã. O telefone.

– Tê?

– Quem é?

– Sou eu, André.

– André? Onde é que você tá?

– Seguinte, Tê: tô preso aqui em Dover, a polícia não me deixou entrar no país. Botaram meu nome naquele maldito livro dos estrangeiros que não podem entrar na Inglaterra.

– Por que, André? Eles não põem neste livro só gente que trafica droga?

– Não, não. Ficaram putos com o discurso que eu fiz na Câmara dos Lordes denunciando as torturas no Brasil. Aí o governo brasileiro pressionou com ameaças sobre acordos econômicos, e esses cagões cederam à pressão. Agora não querem me deixar entrar na Inglaterra.

– Escuta, o que você vai fazer? Voltar pra Paris? Ou não querem te deixar sair também?

– Querem que eu volte pra França. Minha mãe tá chegando aí hoje, e eu fiquei de me encontrar com ela na sua casa. Também precisava tratar de algumas coisas importantes com o pessoal da Anistia. Preciso da sua ajuda.

– Manda lá. O que eu puder fazer, faço.

– Faz o seguinte: liga pro embaixador suíço aí em Londres. Você sabe que tenho dupla nacionalidade. Tenho dois passaportes. Diz pra ele que tem um cidadão suíço preso aqui na fronteira e manda ele armar um escarcéu e me tirar daqui. A Suíça não vai permitir um absurdo destes. Logo a Inglaterra. Quem diria.

– Tá legal, André. Vou tratar disso agora. Pode deixar. Afinal, não foi à toa que fiquei com fama de ser a melhor tarefeira da organização. Deixa comigo.

– Tá legal. Ligo daqui a duas ou três horas. Ainda bem que os guardas daqui pelo menos são educados e até deixam a gente telefonar. Um beijão pra você. Tô com saudades.

O frio no estômago desconcertado, a espinha gelada. Meu Deus, que loucura esta reviravolta que o André sempre causava dentro de mim.

– Eu também. Um beijo.

Acontece que encontrar o embaixador suíço em Londres, às seis horas da manhã de um sábado, é tarefa que nem repórter de Prêmio Esso ia conseguir fácil. Contatos são contatos, falso status era coisa que funcionava, e a vontade de ver André sempre me fizera sentir assim, como que tomada de superpoderes, pronta para romper qualquer barreira.

Consegui descobrir a casa do homem. Ele estava no campo. Achei o número do telefone. Porra! Não houve apelo que comovesse o sujeito. Com a mais suíça das gentilezas, ele me disse que não podia se envolver numa situação diplomática tão delicada entre outros dois países, e que, nesta situação, não podia considerar André como cidadão seu. No caso, valia a cidadania brasileira, principalmente se havia interesses econômicos em jogo.

– Sinto muito, minha senhora – disse o embaixador. – Nada poderemos fazer pelo senhor André. Aconselho que ele volte à França. De lá, procure o governo suíço para ver se pode fazer alguma coisa. Não tenho autoridade suficiente para resolver problemas desta ordem. Sinto muito. Boa tarde.

Quando Dona Helena desceu no aeroporto de Heathrow, eu a recebi num abraço constrangido e emocionado. De mãe para filha, de sogra para nora, de brasileira para brasileira.

– O André não conseguiu entrar – eu disse. – Tentei de todo jeito, não deu. Acho que tão cedo não vai dar pra ele vir a Londres. Lamento muito que a senhora não possa vê-lo logo.

Dona Helena sorriu o sorriso de quem entende.

– Não tem importância, querida. Amanhã vou a Paris, e a gente vai ter tempo para se ver. Assim, nós duas aproveitamos este dia para pôr as notícias daqui e do Brasil em dia, não é? Não sei como agradecer o carinho que você tem pelo meu filho.

– Dona Helena, a senhora nem devia dizer isso. Sabe muito bem tudo o que passamos juntos e o quanto nós nos gostamos, eu e ele. André, pra mim, é um irmão, um companheiro especialmente querido, e eu quero ver ele feliz. Como os outros companheiros também, se algum dia for possível.

Dona Helena tinha a altivez das mães que encaram com dignidade os idiotas que crivaram trecho a trecho do seu coração com as torturas do filho. Que o levaram para longe dela. Para mim, Dona Helena era o símbolo de tantas mães da sua geração, sempre firmes, inacreditavelmente serenas em seu desespero, incansáveis, combativas em sua esperança.

HALEPI

– Alô, tudo bem?

– Pepe! Oi! Onde é que você tá?

– Te esperando aqui no Hyde Park, perto da nossa árvore. Vou comprar uns shish kebabs no Halepi enquanto você vem. Olha, desce dois pontos antes e passa na confeitaria francesa pra comprar torta de maçã pra nós, tá legal?

– Pepe, o médico não mandou fazer dieta?

– Perto de você é sempre feriado e festa. Vem depressa. Um beijo molhado.

– Outro. Tchau.

Desci a pé os dois quarteirões até o metrô para chegar mais depressa do que o ônibus costumava ir. Dentro do vagão, ria sozinha, e pensava como era bom estar numa cidade onde se pode rir e chorar à vontade em qualquer lugar, sem que ninguém desrespeitasse este mínimo direito, este mínimo direito de um ser humano normal. Desci dois pontos antes de Queensway, entrei na confeitaria francesa, e a senhora gordona me sorriu, porque conhecia a moça que vinha sempre buscar a torta que parecia com a da sua terra e só era vendida ali.

Sentado na grama, Pepe esperava com os dois sanduíches enormes de pão árabe recheados de carne, tomate, pepino e cebola. Gregos. O dono do Halepi fazia os sanduíches com especial carinho, conhecia o casalzinho apaixonado que vivia namoriscando horas a fio entre os pratos intermináveis do mezzé, no escuro acolhedor do restaurante. Chegávamos sempre pelas cinco da tarde, pedíamos o prato típico da Grécia e ficávamos horas e horas conversando e comendo as carnes, as pastas, os camarões. Ou então, nas tardes de muito sol, pedíamos um shish kebab e íamos comer na grama do parque. O dono do Halepi nos achava simpáticos, sem dúvida. Principalmente, porque éramos de um país estranho e longe chamado Brasil.

No Hyde Park, talvez mais do que em qualquer outra parte de Londres, tudo acontecia com a naturalidade de se ser humano, de simplesmente existir.

Em frente à residência oficial de Lord Snowdon e da Princesa Margareth, eu olhava para Pepe, sentado com aquela calma sertaneja na minha frente, as pernas cruzadas, e pensava como ele era sempre moreno, bonito, e como meu ventre se aquecia por dentro e eu ficava com aquele tesão pela pátria amada idolatrada salve, salve, que vontade de trepar com meu amor. Deus, como é que pode? Este homem aqui é o Presidente deposto da minha terra inesquecível, está comendo um sanduíche igual ao meu, e daqui a pouco eu vou estar toda nua dentro dele como se estivesse mergulhando no mar de Ipanema ou da Bahia, ou num riacho de Minas Gerais, que é como sinto o esperma dele se espalhando no leito do meu útero. Como é que pode tanta loucura ser verdade e ser tão boa, e estar acontecendo justamente comigo, Teresa, Tê, uma entre as quantas meninas que a ditadura do Brasil doou beneficamente ao mundo inteiro?

Me sentia como numa bolha de sabão na ponta de um talo de mamão, ou de champanhe, numa taça. Ouvia com o corpo inteiro cada menor palavra daquele que presidia enérgica e meigamente os meus sentimentos.

– Gosto de sentar no chão – disse Pedro. – Lá na minha terra, não era assim, não. Não tinha essa grama verde. Você sabe, a região é de terra vermelha. Me lembro de quando era menino, aí pelos dez anos: eu sentava no chão ou ficava de cócoras. Ficava meio longe, meio perto, olhando meu padrinho: aquele homem bonito, enorme, decidido. Sempre parecia pronto para uma risada, ali, entre os colonos da fazenda, fumando o cachimbo com fumo de rolo do melhor, que era o mesmo dos lavradores. Eu sabia, naquela época, que ele era gente importante na política do Brasil. Eu imaginava ele Presidente do Brasil e ficava olhando, e olhando. Ele gostava de mim, sempre gostou, desde pequeno. Eu tinha um orgulho danado disto. Foi ele quem me ensinou a amar o povo. Quando, às vezes, ele via que eu tava ali olhando, me chamava e dizia: vem, Pepe, conversar com esses homens, que só quem sabe os segredos de trabalhar na terra é que pode ensinar pra gente como lidar com as pessoas que precisam ser amansadas e dominadas com a força da presença, como são os políticos deste país. Vem, Pedro, aprender a viver feito homem. E eu ia, meio cabreiro, peito estufado de ser o preferido do padrinho. O ar tinha sempre aquele cheiro assim de vaca suada, de curral, e eu gostava, me sentia estranhamente ligado ao chão, às coisas da natureza. Acho que eu nem pensava que o mundo pudesse ser tão grande, que um dia eu ficaria longe a ponto de não encontrar nada de parecido com o interior dos pampas.

Pedro sorriu a sua tristeza que era a de todos nós, os exilados.

– Gosto muito também desta grama sempre verde. – Ele tentou mudar de assunto. – E dos seus olhos marrons, Teresa. Marrons como os troncos das árvores da minha infância, onde eu subia para ver onde acabavam os limites do mundo. Quem diria que o mundo ficaria odiosamente sem fronteiras para mim, a não ser a fronteira intransponível do meu país?

– Ei, Pepe? – Me movi para sair da melancolia que estava em

Pedro e em mim. – Que tal a gente dar uma volta de barco, hein? Acho que estamos precisando remar um pouco para suar esta tristeza, não acha? Vamos lá! Anda, levanta daí, seu velhote barrigudo. Corre, porque, se você não me pegar hoje, não vai ter sessão das seis pra você na matinê.

CARTA DE SONINHA

Tê,

Carlos Pallut nunca vai saber que foi responsável por uma grande vitória minha. Foi no desfile de blocos, sexta ou sábado, que ele colocou o microfone na minha mão e disse: você agora vai entrevistar Albino Pinheiro. Respondi: Pallut, eu tô na rádio há uma semana. Eu sou tímida. Não vai dar. Ele me olhou, o rosto envelhecido e suado, e me atingiu com uma rajada de coragem e confiança: eu tenho confiança em você. Você pode. Apenas não sabe que pode. Lá na Continental, Luís Carlos botou as mãos na cabeça e pensou: é agora! A Soninha vai brincar e estragar tudo! Embora ele fosse o chefe, quem estava no comando da cobertura na Avenida era o Pallut. E ele insistiu. Consegui fazer a entrevista como se estivesse sozinha na Avenida, com uma facilidade que eu desconhecia em mim. Foi neste dia que virei jornalista. Pallut vai permanecer na minha história. Confiou em mim sem me conhecer.

Tá vendo? Se a gente reconstituir tudo, acaba entendendo. Gostei de saber de você com Pepe. Tinha vontade de olhar para vocês. Acompanhar de perto.

O menino Renato está casado em outras terras. O único problema agora é convencer a "eles" que não tenho mais qualquer ligação. Enquanto desconfiam de um possível contato, eu e o advogado preparamos a minha defesa. Uma relação de cama, no parecer "deles", é uma fonte maior de informações.

Que ironia, hein? Preço caro por uma trepada. Como é que vou explicar e provar a eles que a nossa relação foi efêmera e se encaminhou pro buraco desde o primeiro dia? E só serviu para me dar a dimensão do quanto estava só e que ele era um menino bom, e no dia, na noite em que eu quis encontrá-lo para falar algumas coisas importantes, eu caí, tombei feio, me encanaram. E a gente nunca mais se falou. "Eles" tão querendo saber da mulher do Renato. A única coisa que posso me lembrar é que, uma noite, na cama, ele me perguntou se eu era ciumenta e que tinha uma magrinha que queria me conhecer.

Amiga, tô querendo me livrar disso, sair desse odor insuportável. Eu acho que, nesse compasso, não vou aguentar muito. Eles não me deixam esquecer o passado, e eu tô ansiando por uma tranquilidade presente. Cada vez me sinto mais uma personagem verídica, kafkiana, que acorda uma manhã acusada das maiores atrocidades, não tem condições de se defender, de explicar ou mudar absolutamente nada. Eu agora posso me dar ao luxo de afirmar que o absurdo existe e pode, de repente, entrar na nossa vida.

Não tô querendo viver dentro desses absurdos. Quero uma vida sã, uma vida com sentido. Cada vez me convenço de que não quero mais viver aqui. Não quero mesmo. Aqui a gente se queima um pouco, põe um vestido moderninho, e as pessoas vão logo dizendo que você tá ótima. Quando, muitas vezes, a gente tá morrendo por dentro. Sabe o que acontece comigo? Eu tô profundamente calada. Por dentro, entende? Porque a minha aparência é a de alguém que possui segurança, coragem e determinação. E é mentira, a maior mentira que preguei para os outros, porque tudo inexiste em mim.

Ocorre que eu não tô querendo morrer. Eu confio no meu advogado, tenho que confiar. E ele me prometeu conseguir o passaporte. Olha, eu vou teimar e persistir. Uma crise ontem, uma pequena alegria hoje, o desespero e a falta de saída todo dia. Quero ir intacta. Vou abrir o meu caminho até aí porque minha mola mestra tá querendo pular e saltar para as coisas verdadeiras e bonitas da vida. Quero, aos poucos, atingir a invulnerabilidade total porque a vulnerabilidade total eu conheço

Me espera. Vou precisar da sua ajuda. Vou precisar que você me traduza as coisas. Vou precisar que você traduza o sentido da vida nova que me espera e contra a qual vou me lançar até fechar os poros.

O carinho com que seus pais me recebem é algo comovente. Eles não sabem que me dão a maior força. Porque me ouvem e me entendem.

Eu sei que você confia em mim. Você me acompanhou muito no velho fusca, no lugar do morto, o copiloto da vida. Não foi à toa que, *quando a gente viajava, você me dizia agora pode ir, na hora de ultrapassar, e eu ia sem hesitar, apesar da escuridão e da chuva da estrada e da potente luminosidade dos faróis altos dos caminhões. Também você sabia que eu sacava os mistérios da estrada e o jeito de não me arrebentar.*

Não sei ainda como vou fazer para su*perar esta fase final. Vou superar. E vou até aí. Conversar com você e discutir as diretrizes de uma nova vida. Continue me escrevendo, tá?*

Saudades.

Dobrei com ternura palavra por palavra da carta sempre sem assinatura, sempre trazendo a mesma angústia e a mesma teimosa esperança. Dez meses e "eles" não paravam aquela brincadeira estúpida com a Soninha: dá o passaporte, tira o passaporte. Marca a passagem, chama para depor, pode ir, não vai mais. Não vai nunca mais. Amanhã pode ir, agora acabou. Não. Ainda precisamos fazer mais algumas perguntas. Eu não podia entender por que estavam fazendo aquilo com a Soninha. Ninguém aliás, conseguia entender. A gente sabia que nada daquele absurdo que estávamos vivendo naqueles últimos anos dava pra entender mesmo. Só que doía muito ver minha melhor amiga assim, irmã de sangue, os planos, os segredos, as mágoas partilhadas, como se uma estivesse sempre dentro do sentimento e do pensamento da outra, e eu sentia que a prisão de Soninha, essa tortura de deixa-não-deixa sair do país, estava também acabando devagarinho com um bom pedaço da minha alma. Como sempre, a total impotência diante "deles". Uma raiva absurda e inútil, frágil e dilacerante.

Podia sentir cada momento vivido por Soninha na cidade mais bonita do mundo, o Rio de Janeiro. Podia ver minha amiga repetindo o que tinham sido meus próprios instantes antes de partir: o irreal daquela beleza toda, o aterro com seus barquinhos de velas coloridas. O mar e o sol estupidamente claros, azulando o céu, eram um verdadeiro massacre sobre a dor. Ficava insuportável demais o contraste de tanta beleza e perfeição com a monstruosidade, com a deformidade que o momento de vida cavara dentro de mim.

Pisava na areia, no asfalto, nas ruas e nos elevadores como se estivesse todo o tempo caminhando sobre bilhetes que cortavam finamente o coração. Cada parede, cada pedaço de bairro, cada ônibus, lembrava um amigo perdido, uma vivência intensa de esperança luta e medo. Cada carro de polícia causava um misto de pavor e ódio. A cidade ficava insuportável. A sensação era de que a única saída possível seria um dia atirar-me gritando e vomitando contra um daqueles camburões. Agredir com o ódio das mãos nuas, e do coração arrebentado, os músculos fardados, enojados. Pelo menos morrer e me livrar dignamente do sofrimento atroz que era tanta perda, tanta gente que a gente não sabia se estava morta ou presa, exilada, mas com certeza longe e com certeza para sempre.

Todos os nossos sonhos e todo o nosso amor, a nossa vida, o futuro, não iam mais ter a gente ali, isolada e sozinha, perdida, carregando o peso de sobreviver dentro da história. De não poder, ao mesmo tempo, se deixar apanhar e também sumir, porque a gente tinha esta missão de continuar e sobreviver. De reencontrar os companheiros perdidos. De dizer que tudo não tinha sido inútil, não.

A gente estava ainda de pé. Todo mundo de pé e muito vivo, estivesse onde estivesse. A gente precisava pelo menos sobreviver para contar, um dia, meu Deus, que mataram todos. Abortaram a minha geração. Arrancaram todos estes nossos jovens amigos amados amantes do útero da história assim, com a mão, a sangue frio, entre risos de escárnio.

Como é que podia tudo aquilo acontecer num cenário tão lindo, com o Cristo Redentor ainda abrindo os braços sobre o quê? E aí a vontade era de morrer também com os companheiros. Talvez fosse mais fácil e mais suportável, com certeza, mas não, não era possível: a gente tinha de sobreviver de um jeito ou de outro. A clandestinidade não era mais que uma cilada certeira. Então era preciso sair. Sair dali com urgência.

Eu sentia fisicamente a dor cotidiana de Soninha no Rio de janeiro, como um elo, um pacto de vida e morte continuando a minha própria vida. E devolvia na seiva deste elo invisível a esperança de que, por pior que parecesse a ideia do exílio, pelo menos, de algum modo, a gente estava livre. Longe do medo. Era esta esperança que mantinha Soninha viva, e que ambas sabiam ser um fio tão tênue como todas as senhas de vida que se haviam estilhaçado em farelo de pão nas mãos "deles".

Soninha,

Do camarote do Governador, acenei para um ex-amigo definitivamente distante da minha fidalguia. Foi no baile do Municipal. Quanto tempo faz? Hoje é terça-feira de carnaval. Botei um vestido longo decotado, liguei o central heating no auge do calor e, na vitrola, Carlinhos Lyra a toda altura, repetia: "...porque são tantas coisas azuis e há tão grandes promessas de luz..." Cheguei a marcar a passagem, vou ter que acabar desmarcando. O que vai ser amanhã, quarta-feira de cinzas?

O bom das coisas que você falou foi mesmo saber que eu tô te sentindo claramente. E tem mais: este intervalo entre o nosso encontro físico não fez com que a gente deixasse de se saber.

Entendo tudo que você falou. Entendo porque foi tudo que falei para mim. É tudo que digo nas manhãs cinzentas ao encerrar o espelho.

Mais feliz ainda, porque te sinto forte, escudada numa força que as pessoas não pressentem, porque não sabem que esta força vem do mergulho fundo que você deu no lado do avesso.

A gente conhece o avesso, Soninha, e pode escolher o retorno ao direito. Um retorno real e válido, não o retorno ilusório.

Eu te vejo rangendo os dentes para não deixar escapar a gana de viver. Eu te vejo de punhos cerrados para manter o fio da navalha habilmente distante das tuas veias.

As cortinas que te esperam vir do tombo e do atrás são como as cortinas brancas, finas, quase gaze, que os ingleses usam nas janelas. Hábil proteção, porque não toldam a memória ou a visão dos que estão dentro e impedem a invasão dos que estão fora.

Eu te vejo andando na corda bamba da tensão e olhando com um olhar de público para o Rio que, pela vigésima quinta vez, se enche de sol, igual às pílulas *douradas tentando enganar inutilmente seus olhos de pessoa e de verdade.*

Uma vez eu li numa lápide: a ironia é o lirismo da desilusão. Naquele tempo, eu costumava dar longos passeios pelo cemitério. Descobri mais tarde que a cabeça da vitória é uma amarga ironia. Ficou então uma certeza: cada passo completo só resta o depois, o prosseguir.

Descobri há poucas horas que aqui acontece comigo o que acontecia em Ouro Preto: por mais que eu ande nas mesmas ruas, sempre descubro um detalhe novo que me encanta.

Londres não é uma ilha azul perdida no mapa ou na vontade. Londres é uma realidade onde a riqueza de alegrias e tropeços a cada instante obriga a gente à vida, mesmo quando a recusa faz a gente se trancar no quarto e mergulhar nas memórias.

Se o teu negócio é queimar óleo de Cida, então o teu lugar é aqui, esteja certa.

De repente, um dia você percebe que está num quarto com quatro janelas, abre as cortinas, vê que o sol está dentro de você e *que a Inglaterra está lá fora, transbordando de verde e de um sense of humor que a gente vai sempre correr atrás dele, sem talvez nunca alcançar o mistério da sua facilidade.*

Agora tô tranquila: vim e fiquei. Vim, estou vendo e vou vencer. Tô te esperando. Mesmo porque eu ficar e atravessar os pesadelos deveu-se muito às tuas cartas. Eu tô aqui, companheira. Vivendo o pedaço que é pra viver, preparando tudo para aparar as arestas quando você chegar.

Tá legal. A gente tá aí, tá na vida e tá vivendo, com muita raiva, dor e risco, pra mágoa *de muita gente que nunca teve balão de gás multicor na mão, nem no sonho. A gente tá de pé.*

Vim e vou cumprir os objetivos. Vim e vou voltar de mãos cheias. Marcadas, marcas de vida e carregando frutos. O importante é a gente acreditar em si por um longo tempo, e aí, um dia sentir uma, duas ou três mãos no ombro, entendendo a nossa verdade e dizendo: vai em frente, tudo vai dar certo.

Sempre acreditei em mim. Sempre tive a maldita lucidez. Se os caminhos foram tortos, ou se não sei deixar transparecer, não posso fazer nada. Continuo agarrada na minha essência como única forma provada de sobrevivência.

O resto deixa pra lá. *Se eu fracassar aqui, vou soltar uma grande risada e começar tudo de novo. Eu sou uma pessoa que tem pavor de chegar aos 50 anos, olhar para trás e verificar que não era nada daquilo que devia ter sido feito. Então, tento funcionar o tempo todo na direção contrária a esta possibilidade.*

Outra coisa: linguiça, rapadura etc., são coisas cujo valor a gente só aprende aqui. *Aliás, são as coisas boas que sobrevivem do Brasil. Agora vou levar um sabonete Phebo de presente para o Caetano. Até.*

LÚCIA

– Oi. Sou eu – me telefonou Pedro.

– Oi, amor, onde você tá?

– Tô em Paris. Não vai dar pra ir a Londres desta vez. A Lúcia veio comigo.

– Ah. E aí?

– Aí eu queria que você pegasse um avião e viesse até aqui me encontrar, se puder, porque pelo menos a gente se vê. Que é que você acha?

– Tudo bem. Acho que dá pra ficar uns dois ou três dias fora. Vou amanhã cedo e fico ali naquele hotelzinho da Rue des Écoles, tá legal?

– Tá bom, meu amor. Eu te procuro.

O hotelzinho era gostoso, pequeno e barato. Foi o mesmo onde a gente se amou pela primeira vez, naquela semana em que eu conheci Pepe. Gostava muito da família que fazia praticamente sozinha todos os serviços, deixando na gente a gostosa sensação de estar na casa de algum parente próximo.

Peguei um voo de estudante, desci em Le Bourget e fui de ônibus até a estação dos Invalides. Sai do buraco do metrô em pleno coração vibrante do Quartier Latin e fui subindo o Boul'Mich devagar, olhando as vitrines, principalmente as de livros. Sentei num café e pedi un exprèss, s'il vous plait.

De repente, vejo aquele bando de gente descendo a rua, com faixas escritas em português, gritando Abaixo a Ditadura, e outras coisas do gênero. Levei o maior susto. Das janelas, pessoas jogavam baldes d´água, tomates, ovos e xingamentos. Eu não estava entendendo nada mesmo. Chamei o garçom e perguntei se ele sabia o que era aquilo.

– Ah, mademoiselle – disse o garçom, com um ar entediado. – Esses são os estudantes estrangeiros que vivem aqui. Todo dia tem uma passeata dessas. Juntam cem ou menos, cinquenta, e saem por aí berrando como se estivessem ainda no seu país. Hoje são brasileiros, amanhã africanos e depois uruguaios. É sempre igual. O pessoal que trabalha por aqui não aguenta mais, então joga água, papel, o que tiver, na cabeça deles. Eu não entendo também do que adianta. Todo mundo aqui no Quartier está cansado de saber dessas histórias de ditaduras militares, torturas e exílios. São uns tolos mesmo, a senhorita não acha?

Eu não sabia se ria ou se ficava com pena. É claro que se tratava de uma minoria. Esse tipo de atitude, de como as pessoas estavam custando a se desligar do clima de 68, me espantava sempre. Era como se, mantendo certas situações, discutindo a distância as soluções para a revolução brasileira ou usando codinomes, de algum modo, ficasse menos doloroso cair na realidade do exílio. O fato é que isso me assustava demais.

Em Londres, talvez porque nós todos tivéssemos uma possibilidade de volta, as coisas eram diferentes. Cada um de nós estava envolvido em algum processo, ou tinha alguma implicação. Não sei por que coincidência, eram coisas sempre com boas chances de serem resolvidas com o tempo. O clima era diferente, outro. A maioria de nós conseguia mais facilmente assumir alguma atividade como estudar ou trabalhar, e as manifestações e articulações políticas eram feitas de maneira bem diferente, através do trabalho, da anistia ou coisa assim. Havia menos desespero em Londres, mais esperança de voltar.

Eu ainda não tinha me acostumado muito bem a esta situação de Paris, à maneira aflita como se curtia a cachaça, a goiabada e a feijoada, à inconsequência com que se abriam os flancos para uma repressão que todo mundo sabia estar presente ali, também organizada para nos detectar. Quantas pessoas que na verdade poderiam voltar acabariam por se queimar de vez por causa de imprudências desnecessárias? Um pouco angustiada, peguei o café e fui para o hotel.

– Oi – me chamou Pepe. Dá pra gente se ver agora? Lúcia foi fazer compras, pra variar, e vou ter a tarde toda livre.

– Tá legal – eu disse. Vem pra cá.

– Um beijo. Tô doido pra te ver.

O quarto era pequeno e confortável. Um inacreditável travesseiro de plumas e aquele cheiro que só estes hoteizinhos de Paris têm. Eu estava aflita, louca para ver o Pepe. Era difícil pra mim só poder encontrá-lo a cada três meses. Meu corpo reclamava o dele com uma insistência que eu não tinha como enganar. Estar com ele era sempre como uma viagem para minha infância ou adolescência, no Brasil. Ele me falava sempre de um tempo que eu não tinha vivido. Um tempo que, de alguma forma, se entranhara na minha estrutura. Quando contava suas coisas, eu tinha a impressão de ele estar concretizando, enfim, a vivência de uma nostalgia daquilo que nunca tive. Estranha essa minha ligação com Pepe: ele não me parecia, em momento algum, ser tão mais velho do que eu. Às vezes, sentia que ele fosse mais virgem do que eu em sofrimentos.

O chauffage, o edredom, o corpo dele. Tudo um calor macio e protetor. Quando a gente acabava de fazer amor, eu gostava de me apertar contra o peito dele, e os músculos firmes dos braços e os ombros sólidos me davam a mesma sensação de segurança de quando eu era pequena e ia para fazenda em Minas, para além daquelas montanhas que escondiam no cerco certeiro de seu abraço a casa colonial, os montes de café e os meus sentimentos. Agora, fora daquele vale, além daquele corpo, também no peito de Pedro, não havia mais mundo, nem mais perigo, nem mais amanhã que a gente fosse obrigado a encarar. Os medos todos magicamente se dissolviam.

– A que horas você tem que ir? – perguntei.

– Mais tarde um pouco – respondeu ele, sem pressa, sossegado. – Lúcia só volta quando a última loja estiver fechada. Ela é vaidosa. Lá no Uruguai não tem nada que preste para comprar.

– E as crianças?

– Tudo bem. Ficaram na estância. Bom, agora menos. Mesmo assim, ainda tem sempre muita gente exilada que fica morando com a gente. As crianças gostam da vida que a gente leva lá.

– Lúcia não falou nada da gente?

– Não, não falou. Ela prefere fazer de conta que não sabe. Colônia brasileira no exterior é pior que cidade do interior: a fofoca é geral, todo mundo fala da vida de todo mundo, até do Presidente. Claro que tem sempre alguém pondo a Lúcia a par do que está acontecendo comigo. Mas ela não liga mesmo. Nunca ligou.

– E você, não se importa que seja assim?

– Olha, Tê, no começo me doeu muito descobrir a verdade. Quando eu vi a Lúcia pela primeira vez, fiquei inteiramente apaixonado pela beleza dela. Ela era bem mais jovem do que eu e morava numa casa modesta, a família não tinha recursos. A casa ficava na mesma rua que a minha e, naquele dia, íamos dar uma festa. Eu estava chegando do Rio com meu padrinho, naquele tempo eu era deputado. Ela estava chegando também da capital, onde estudava com bolsa num colégio de freiras. Fiquei tão impressionado com a beleza dela, que pedi permissão aos seus pais para que ela fosse à festa na minha casa, naquela noite. Dançamos e conversamos muito. Ela era meiga, inteligente e tinha só 17 anos. Quando fez dezoito, nós nos casamos.

– E aí?

– Aí, aconteceu que ela era muito jovem para todo o aparato de poder que tivemos que enfrentar dali para frente. No tempo em que eu era presidente, ela foi a primeira dama mais jovem que o mundo inteiro já havia tido. Bonita demais, imatura demais. A imprensa aproveitava para acusá-la de coisas sórdidas. Sei que ela jamais me traiu. Minha impressão, sempre, é de que ela vivia fascinada com tudo o que nos acontecia, inclusive comigo, com o meu mito e minha a imagem importante. Eu a amava muito. O que aconteceu com a nossa relação foi inevitável: acabei me tornando um pai para ela e fazendo todas as suas vontades de Cinderela, coisa que me dava prazer, aliás. Sempre fomos muito amigos, até hoje, mas, na verdade, nunca tive uma mulher. Eu me sentia só, neste aspecto. Por outro lado, minha posição não me permitia nada que lembrasse de longe um desquite: tínhamos que aparentar a família perfeita. Obviamente, havia montanhas de mulheres me disputando, e eu comecei a preencher minha solidão com casos inconsequentes, sempre muito bem disfarçados. Estabeleceu-se um acordo de cavalheiros entre mim e Lúcia: ninguém tocava no assunto. Por mais estranho que pareça, deste modo pudemos salvar uma relação de amizade, e até companheirismo, que permitiu ficarmos juntos até hoje. Acho que a situação sempre foi conveniente para os dois. O mais duro para mim era ver Lúcia indiferente a minha atividade política, embora até me acompanhasse nos comícios e cerimônias públicas. Eu mesmo não tinha muita segurança nas minhas posições. Tinha claro, só que eu queria ajudar o povo, o povo que eu amava tanto, mas nem sempre sabia como equacionar politicamente. Neste ponto, não pude contar com ela. Havia um total desinteresse.

– E agora?

– Agora é assim: somos dois velhos amigos, companheiros de um naufrágio em que nos afundamos por tentar, ainda que por motivos diferentes, alcançar um sonho alto demais, para o qual não estávamos preparados. Temos que arcar, ainda e sempre, com as aparências que a situação exige de nós. Aqui, neste pedaço, eu poderia concluir dramaticamente, sem fugir da verdade, dizendo que ela é ótima mãe e também uma espécie de filha mais velha que eu tive, uma amiga que aprendeu a me conhecer e a me suportar com afeição.

– E eu? Não pareço também uma filha mais velha?

– Não, Tê. Você não. Você é uma mulher. Às vezes, tenho a impressão de que você viveu muito mais do que eu. Você é mulher. Sabe o que mais? Acho que, depois de tudo que vivi desta vida estranha e irônica que foi reservada para mim neste mundo, tenho o direito mais justo de amar e me sentir amado de verdade. Mesmo que seja por pouco tempo, que não dure, sei que é verdadeiro. Então, isso não vale a vida? Vale sim.

No beijo mais pleno e mais fundo que o meu coração foi capaz, respondi ao Pepe que valia a pena sim. Valia sim a vida, essa emoção intensa que nós dois estávamos vivendo, única coisa capaz de me fazer justificar os descaminhos que tinham tirado o rumo da minha vida. Valia a pena, sim, Pepe. E era enorme a gratidão que eu sentia pelos momentos de amor que você me dava. Gratidão porque você não mentia para mim.

O QUESTIONAMENTO

"Nous prendrons le Temps de vivre/ d'être libre, mon amour/ Sans projets et sans habitudes/ nous pourrons rêver notre vie..."

A música me abraçou morna, como André, assim que a porta do apartamento se abriu. O abraço longo, apertado e saudoso. A vontade de ficar assim, sempre grudada às pessoas que a gente ama. Nós nos olhamos com ternura, e ele me deu um beijo no nariz.

– Acho que você ainda ganharia o concurso de perfil mais bonito da organização.

– André, se você continuar falando assim, vou acabar me convencendo de que sou bonita mesmo.

Ele ficou sério por um instante.

– E é – falou, sério.

Meu Deus, que coisa mais esquisita era essa que me revirava as entranhas, quando a voz da André entrava pelo meu ouvido e ia caminhando pelas minhas veias, sem pedir licença, como se fosse dono?

– Como é que cê tá? – perguntei.

– Tudo bem. Na mesma – respondeu André.

– Resolveu onde é que vai morar, afinal?

– Não. Assim, definitivamente, ainda não. Fico um pouco aqui, um pouco na Suíça com os meus tios. Estou sempre por aí fazendo conferências. Enquanto não passar essa fase, acho que não vai ter muito jeito de decidir coisa nenhuma.

– Pois é, André, mas você precisa pensar na sua vida, né? – Fiz uma chamada à realidade. – Afinal de contas, não vai ficar para sempre falando das torturas no Brasil. Um dia vai ter de trabalhar, ter família, etc. Como uma pessoa normal.

– Você sabe bem que não sou uma pessoa normal. Nunca vou ser.

– Vamos parar de falar besteira, André. Quer parar de se fazer de vítima, de mártir da nossa geração? Porra, detesto isso. A gente se machucou, tá certo, não era nada disso que a gente queria da vida, mas aconteceu assim e pronto. Agora, a gente tem mais é que encarar as coisas de frente e ter uma vida como a de todo mundo. Não significa esquecer o Brasil. Ou deixar de fazer o possível pelos companheiros daqui e de lá, mas de reconstruir a vida da gente do jeito que for possível.

– O que é isso? – Tentou ironizar. – A moça tá dando uma de lúcida. Que foi que houve? De repente parece que você sabe tudo que vai acontecer com o nosso futuro, aprendeu todas as respostas do exílio. Quem foi que te ensinou essas verdades todas, Tê? Foi o nosso Presidente? Algum dia te ocorreu que talvez não valha a pena construir nada definitivo aqui, porque pode ser que a gente volte?

Soltei-me do abraço de André.

– Então você também sabe?

– Sabe o quê?

– Do Pepe.

– Todo mundo sabe. Ou você vai querer dizer que não esperava? Tudo bem. Não tenho nada contra. Pra mim, ele é um cara como outro qualquer. Desde que não machuque este seu coraçãozinho aí que eu prezo tanto, tudo bem.

– É isso mesmo que você tá achando?

– Não posso te recriminar. Se vocês dois se amam, então, vive l'amour! – disse, quase por dizer. – Que nós bem sabemos, aliás, não é coisa fácil de se achar, é que é uma coincidência lamentável que tenha sido logo com ele, uma figura tão conhecida. Mas o que importa, na verdade, é o seguinte: você está feliz, companheira?

– Estou. Estou feliz, sim, André – respondi sem dar tempo para silêncio.

– E a mulher dele? Você não se sente meio inconfortável nesta posição de a outra?

– Claro que eu preferia ter ele só pra mim, o tempo todo. Compreendo que ele é um mito político e tem de carregar este tipo de ônus. Não dá para agir livremente, como ele gostaria. E depois, todo mundo tá careca de saber que ele e a Lúcia não se amam.

– Muito bem, Tê, concordo. Só que vejo as coisas um pouco diferente do que você. Pra mim, envolvimentos políticos à parte, essa é uma ligação afetiva. Você é muito jovem. Por quanto tempo acha que vai poder manter esta situação de dividir o seu homem com outra mulher, hein?

– Não penso assim, André. Não penso assim. Acho que é uma situação diferente, fundamentalmente diferente de qualquer ligação afetiva comum. E a gente não pode deixá-la de lado, como se não existisse toda a carga da situação dele.

– Muito bem, querida. Então deixa estar pra ver como é que fica. Quando começar a doer, pode me procurar que vai ter sempre este ombro aqui pra te guardar – finalizou. – Agora, volte imediatamente para o meu abraço. É uma ordem.

Por que me sinto tão à vontade com André? Gozado é que tenho a sensação de que nunca, no Brasil, a gente desenvolveu uma relação na intensidade em que a sentia. Toda vez que alguma coisa ia começar entre a gente, surgia um imprevisto, uma tarefa ou uma interferência qualquer. No fundo, acho que isso acontecia com todos nós. Que tempo sobrava pra gente se amar? Talvez por isso o pessoal da minha idade tivesse tanta dificuldade de lidar com um bom relacionamento afetivo: não tivemos tempo de aprender como se ama no dia-a-dia. Pelo menos, este benefício o exílio nos trouxe. Eu que tratasse de aproveitar o abraço sempre tão disputado de André.

FLÁVIO

Louis era um físico francês e tinha passado alguns anos no Brasil com bolsa de estudos. Sua intenção não fora aprender física num país sem cientistas. Fora ajudar, da maneira possível, o pessoal politicamente engajado. De fato, tornara-se um bom e útil companheiro e, é claro, o governo brasileiro não renovou sua estadia no país.

Foi bom encontrar Louis na França, longe dos sobressaltos, e falar sem pressa das coisas de cada um. Almoçávamos juntos. Ele me dizia, na maior felicidade, que, finalmente, depois de muitas tentativas, Michelle, sua segunda mulher, conseguira engravidar. A primeira mulher, que eu conhecera no Brasil, tinha ficado na luta clandestina e nunca mais soubemos dela.

– Conheci um amigo teu. Grande amigo – me disse Louis.

– Quem é?

– Não posso dizer o nome. Ele me autorizou a dar só uma dica: é o maior especialista em batidas de fruta que você conhece. Disse também que vocês se gostam demais, e sabe que você está tentando encontrá-lo. Ele está louco para te ver também.

– Não tenho a menor ideia de quem possa ser. Como é o nome dele?

– Ele usa um codinome: Jean.

– O quê? Cê tá brincando? Codinome, a essa altura, aqui, em plena França? Isso é brincadeira, não é?

– Não é não. E não é o único, você sabe. Se quiser encontrar com ele, estará esperando por você amanhã, três da tarde, na plataforma três da Gare du Nord. Mandou lembrar que o ponto só espera quinze minutos e a alternativa é meia hora depois dentro da estação do metrô de Saint Paul.

– Escuta, Louis, cê tá falando sério? Essas coisas de ponto, alternativa etc. É tudo sério?

– É sim. Pode ir que não vai se arrepender.

Entre as baldeações do metrô, eu só podia achar que aquilo tudo era uma piada. Qual dos meus antigos companheiros estaria mergulhado em tamanha paranoia?

O que não me ocorria, naquela altura, é que talvez este cuidado excessivo tivesse uma certa razão de ser, porque o torturador Fleury tinha organizado a repressão em Paris para agir quase tão à vontade quanto no Brasil, e várias pessoas haviam sido prejudicadas.

A Gare du Nord era bonita, imponente para os meus olhos latinos. Plataforma três. Faltavam cinco minutos para se esgotar o prazo do ponto. Olhei de longe, o coração disparou, desvairado de emoção, talvez a emoção de recuperar fosse mais violenta que a de perder. Foi cena de filme: Flávio, companheiro mais querido, vinha mais querido ainda, correndo de longe, bonito, bonito no seu sobretudo cinza chumbo, braços abertos para me apertar entre lágrimas e risos. Meu Deus, quanta alegria. Como era bom vê-lo vivo, inteiro e rindo, sem marcas visíveis do sofrimento, ali. E eu podendo tocá-lo à vontade, abraçá-lo e beijá-lo. Meu Deus, Flávio estava mesmo vivo e ali, comigo. Era como se, de repente, fosse possível que todos os outros companheiros perdidos estivessem vivos.

Ternamente abraçados, fomos andando para um café qualquer. Havia tanto a dizer. No Brasil, tínhamos participado do Movimento dos Jornalistas. Pertencíamos, porém, a organizações diferentes. Um dia, uma coincidência nos levou a fazer um trabalho em Ouro Preto e foi quando nos conhecemos mais intimamente. Aproveitando o romantismo da cidade, resolvemos brincar de namorar. Como se fôssemos duas figuras antigas, um poeta e sua musa. Foi bonito e divertido. Não tem cenário melhor para o amor e para a fantasia que as pedras tortas e acolhedoras de Ouro Preto. Na volta, viemos de ônibus, para demorar mais, coisa que só faz quem está apaixonado. Foi aí que a gente percebeu que a brincadeira estava ficando séria.

No táxi, me levando da rodoviária para casa, Flávio me abraçava angustiado e repetia: não posso ter nada com você, não vai dar tempo nem pra começar, e eu queria tanto. Queria tanto.

Eu não estava entendendo nada. Só algum tempo depois fui compreender que esse tinha sido um dos muitos amores que tinham sido abortados na nossa geração, em nome de coisas mais importantes e das exigências da luta.

Nos encontramos algumas vezes, sempre com aquele afeto reprimido. Eu respeitava: sabia que Flávio devia ter um motivo muito importante.

Alguns meses mais tarde, correu a notícia de que ele caíra e estava sendo brutalmente torturado. Pouca gente sabia que ele havia participado do primeiro sequestro de embaixadores que houve no Brasil. Como aconteceu com outros companheiros, o destino fez com que ele fosse trocado por outro embaixador sequestrado. Banido, tinha sumido no mundo, ninguém sabia dizer ao certo em que estado ele se encontrava, física e psiquicamente. Desde que cheguei à Europa, eu vinha tentando tudo para localizá-lo. Era bom demais poder estar ali, de mãos dadas com ele, sobre a mesa de um bar, como em Ouro Preto, ouvindo sua voz de sotaque inconfundivelmente nordestino, vendo sua risada meio torta.

– Escuta, Flávio, essa história de codinome, ponto, etc, foi só brincadeira, não foi?

– Claro que não, Tê! Você não sabe que aqui está coalhado de agentes da repressão, inclusive portugueses?

– Eu sei que a repressão tem gente aqui, mas também não precisa exagerar, não é?

– Não vamos falar disso agora. Quero saber como é que você tá. – Gentil, mudou de assunto.

– Tô bem – usei poucas palavras que diziam muito. – E você?

– Tô bem – disse, seco.

– Muito zangado ainda com o Tarcísio?

– É, ele não me deu abrigo na hora em que precisei fugir. Era só um amigo de infância, nunca teve nenhum compromisso ideológico.

– Como foi que aconteceu?

– Eu tinha um ponto e aí verifiquei que o companheiro havia caído, e a área estava cercada. Consegui perceber a tempo e fugi. Fui direto para a casa do Tarcísio, justamente porque ele era insuspeito para a repressão. Aí ele deu aquela de dizer que a mulher estava grávida, não podia me esconder, e coisa e tal. Fiquei na rua uns três dias, até que caí na besteira de dormir num banco do passeio público. Fui preso como indigente. Quando descobriram quem eu era, me levaram para o Cenimar, Centro de Informação da Marinha. A primeira coisa que eles fazem é tirar a roupa da gente para baixar o moral. Aí me puseram no pau de arara, amarraram os fios nos meus órgãos genitais, nos pulsos e nos pés e começou a sessão de choques. Não sei quantas horas durou esta primeira sessão, sem que me fizessem nenhuma pergunta. Era apenas uma amostra grátis do que me esperava depois. Me jogaram na cela superlotada de gente em pedaços, todo mundo gemendo, alguns desmaiados e, quando eu ia começar a dormir, me pegaram de novo para começar a tortura.

– Escuta, Flávio, essas coisas todas que você tá me contando não te doem? Não te machucam quando você fala delas?

– Claro que sim – disse, sério. – Quer dizer, agora não dói mais. É como se tivesse sido com outra pessoa, entende? Além disso, eu sou um exilado brasileiro, e minha obrigação é contar minha história para o maior número possível de pessoas. Pena que não tenham me deixado nenhuma marca física para eu poder mostrar ainda mais claramente o que fizeram com a gente.

Eu não podia entender a frieza de Flávio a respeito de si. Não era o primeiro amigo que eu reencontrava assim, falando das torturas, como se tivessem acontecido com outra pessoa. Não assimilar e não assumir a vivência era a pior coisa que podia acontecer. Criava uma divisão interna que impedia a gente de transar com qualquer tipo de realidade, afetiva, profissional e até mesmo a política. Porque a gente nunca mais conseguia alcançar a si mesmo, se reencontrar.

– Flávio, você está namorando alguém, vivendo com alguém?

– Não, claro que não. Não tenho tempo para isso. Depois, sou um homem diferente e mulher alguma vai poder viver comigo, porque vou ser sempre assim, sem pátria, marcado pelo meu passado.

Um desespero tomou conta de mim, eu agarrei o meu amigo pelos ombros e comecei a sacudi-lo e a gritar:

– Flávio, você não pode, você não pode ficar assim, Flávio! Você é gente, é humano, tem sentimentos. Flávio, cadê você?! Cadê o Flávio que eu conheci, que eu amei, cadê, Flávio? Você sabe que não é dessa maneira, diz pra mim que é mentira, que você tá brincando. Diz, pelo amor de Deus, Flávio, não pode ser verdade.

Ele sorriu sem expressão alguma.

– É assim mesmo, Tê – falou. – Acho que eles me secaram de uma vez. Mas me deixa acabar de te contar o que aconteceu comigo.

Segurei sua mão com força e com carinho, e chorei de mansinho sem ouvir quase nada do que me dizia, porque, no fundo, as histórias eram muito iguais. Eu sabia o que viria na frase seguinte e me doía sem parar aquela muralha de defesa num sujeito tão afetuoso como eu sabia que ele era. Me perguntava se valeria a pena continuar vivo daquele jeito. Quantos mais, meu Deus, como Flávio? Será que algum dia a gente ia encontrar um jeito de ensinar estes companheiros a sentir a vida novamente?

Quando voltei pro hotel, escrevi para Soninha uma carta nervosa:

Comprei novos blocos verdes para te escrever. O que não significa que você fique mais tempo aí.

A cidade é sufocante. Uma sufocante sensação de vida. Uma vida exposta, toda do lado de fora, pendurada nas janelas e prometida nas vitrines. E eu me pergunto: que haverá dentro?

O metrô é sujo e cavado sem cuidados. Não tem a dignidade de quem foi abrigo antiaéreo na guerra.

Procuro Pepe e ele está lá, sentado nas minhas entranhas, com um ar de para sempre. Fico quieta, porque sei que ele se desvanece se eu chamar.

Revejo velhos amigos e os encontro desgastados por uma angústia que me aflige, uma procura que não acha porto. Revivo nos reencontros emoções antigas e verifico quantas coisas dentro de mim foram selecionadas e arquivadas pela objetividade da Ilha.

Flávio não sabe que foi por causa de um beijo-madrugada que ele me deu no escuro do ônibus, entre Ouro Preto e Rio de Janeiro, que meu então noivo me elevou a puta e me deixou.

Flávio não sabe que quando a gente se abraçou apertado, todas as farpas da alma se reviraram e os personagens do livro prometido que somos nós reiniciaram um inquieto e incessante borbulhar dentro de mim.

Olhei para ele: mudou a face, mudou a alma.

Flávio sabe que quando eu disse a ele que não permitiria que se escondesse sob a obsessão da política, e queria ele-pessoa pra me relacionar, este era o começo de um ver-se no espelho total, reviver cada dor de tortura, cada minuto de solidão prisioneira com que ele se atordoa para não sentir.

A gente se vê, se olha, se toca e nota que o mundo deu voltas imprevisíveis. Cada canto do mundo guarda um amigo que a gente gostaria de abraçar muitas vezes.

Eu quero ajudar Flávio a não ter medo de ser humano. Eu estou assustadíssima com o jeito como essas pessoas estão marcadas. De um modo ou de outro, fogem de se assumir como gente.

Eu vou sacudir o Flávio até ele chorar.

Me surpreendi amargamente disposta a tirar o Flávio e outros do pedestal e dizer que se eles não estiverem dispostos a serem humanos, não lhes devo nenhum compromisso de afeto só porque foram torturados. Não quero mais os animais políticos. Certo estava o Capitão que, assim como o Che, amou. Amou o que fez. E um dia vai despertar também, transformado, em um rio largo no Amazonas ou em uma serra cheia de árvores e estrelas.

Paris é de uma familiaridade cansada. As pessoas que eu vejo significam muito, são o maior pedaço da minha vida.

Eu vim com a cuca fervendo e não achei com quem falar: todos estão precisando de quem escute. Então, eu calo.

Calo e fico sentindo o ar carregado de Brasil, das madrugadas infindáveis do Rio, do inútil absoluto.

E agora que acabou o carnaval?

As voltas da vida se enroscam e me empurram de volta a André.

Estou insatisfeita. Aqui, entendo quantas vezes os valores falsos do Rio serviram para encher a minha solidão. E é aqui que eu venho de outro mundo e percebo a aproximação destes valores, cuja angústia está pronta a me sugar.

Não sei do que é que estou precisando. Vou encontrar e tirar essa pedrinha do sapato.

Faz calor e as flores ainda não começaram a aparecer.

Cadê você?

PS: vou voltar para Londres mais nua ainda do que saí de lá. Estou cada vez mais seca de concessões. A palavra da ordem, Solidariedade, não pode ser genérica.

A GAROTA DO PUB

– Oi, Tê.

– Oi, Nestor.

– Sabe por que é que eu vim aqui? Tô seco de vontade de comer pastel.

– Tudo bem, eu faço pra você. Vamos lá pra cozinha. Como é que estão as coisas em Essex?

– Estão indo – mais uma vez, vago. – Agora eu vou ter que dar um pulo em Paris. Vem aí uns deputados brasileiros, em missão oficial, e eu vou pedir a eles que me concedam passaporte. Você sabe, muitos deles começaram na política comigo, e eu sei que não vão me recusar.

Senti de novo aquela pena inevitável que a situação do Nestor me provocava. Eu tinha ficado sabendo que sua última mania era abordar qualquer brasileira e passar-lhe uma cantada, inclusive por números de telefone que ele descobria no catálogo, insinuando que seria uma honra dar para ele, um mártir da nossa história. Ele estava cada vez mais discriminado, mesmo entre os exilados. Isso me fez amassar a massa do pastel com maior carinho ainda. Não podia evitar de pensar que qualquer um de nós estava sujeito a chegar àquele ponto, e não era justo nos condenarmos, entre nós, a um isolamento e uma solidão maiores ainda.

– Olha, Nestor – chamei a atenção dele. – Vem aí um pessoal que a gente não sabe quem é. Você sabe, Maria, que mora aqui comigo, trabalha num desses escritórios de representação comercial do Brasil e, às vezes, precisa receber este tipo de gente que vem em passeio turístico, recomendado por alguém importante. Não vou nem aparecer na sala e acho que talvez fosse melhor você também não aparecer, tá legal?

– Ora, não se preocupe comigo. Sei muito bem o que significam estas situações.

– Olha aí – chamei, mais uma vez, a atenção de Nestor. – Salta um pastel quentinho!

Não deu outra. Lá estava eu, lendo, no meu quarto, Maria na sala com aquela cara de botão, recebendo os sobrinhos de algum Ministro ou Senador, sei lá, quando ouvi a voz do Nestor.

– Como? Vocês não sabem quem eu sou? – interrogou as visitas. – Bom, também, vocês são muito jovens mesmo para conhecer direito a história do nosso país e todas as pessoas importantes. Eu sou Nestor Carvalho, exilado brasileiro, deputado cassado.

Eu não quis ouvir mais. Era duro, realmente, lidar com a loucura dele, cada vez mais obcecado com a saudade do Brasil. Peguei meu velho casaco de couro, passei rapidamente pela sala e saí noite afora.

Londres tem a estranha característica de ser uma cidade que parece feita para as pessoas solitárias. Assim, como se todas as pessoas estivessem sozinhas juntas. Os parques e os pubs, e mesmo as ruas, são lugares que parecem feitos para a gente sair e encontrar outras pessoas igualmente desacompanhadas. Todos se cumprimentam com estranha afetuosidade de quem sabe como é o outro.

Entrei naquele pub da esquina, coloquei fichas no Juke Box para ouvir James Taylor. Pedi uma *lager* e dançarinhei um pouco entre as pessoas, brincando, como sempre, de inventar suas estórias. Havia uma *go-go girl* muito bonita. Dançava com os seios de fora, num cantinho. Uma atração qualquer: em outros pubs havia jogos de dardos ou pebolim.

A moça me despertou uma enorme curiosidade. Não conseguia imaginar uma história para ela. Quando parou de dançar, no intervalo, fui falar com ela. Sempre me dava uma sensação confortante essa coisa tão inglesa da gente poder falar com qualquer pessoa sem aquele pavor, como se fosse ser currado ou assaltado, sem que nos virassem a cara com um desprezo total. Eu disse um mero alô e nós começamos a conversar. Papo de garota brasileira com garota inglesa. Uma querendo saber da outra.

Ela me falou de uma realidade que me estarreceu: a da juventude da Inglaterra, onde quase não havia mais diferença econômica entre classe média e proletariado, e que estava cada vez mais pressionada pela crise que atingia o país. A partir dos dezesseis anos, a família não tinha mais condições de sustentar os filhos. Eram obrigados a se virar. Mais e pior: a taxa de desemprego só tinha sido tão alta anteriormente no ano após a guerra. A garota era como outras tantas da sua idade e vivia um drama muito diverso do meu. Mesmo assim, um drama. Trabalhava de dia numa fábrica, operária de uma máquina qualquer. E à noite dançava no pub. Sonhava em ser modelo e estudar arqueologia. E precisava, fundamentalmente, comer e morar. Também eles, os jovens de lá, não tinham muita escolha em seus destinos.

Eu disse bye e fui-me embora. Fez bem a nós duas falar um pouco. Eu me senti menos aflita e menos só, revirando entre os dedos, dentro do bolso do velho e fiel casaco, a primeira moeda de um penny antigo, que eu tinha recebido ao chegar na tão querida Inglaterra. No caminho, tudo me aquecia: aquele céu estranho, de inexplicável vermelho e sem estrelas, o vento meio frio, os transeuntes conversando com seus cachorros de estimação. Tudo assim, amigavelmente. Acho que esta é a melhor maneira de definir a vida em

Londres: amigável.

Quando entrei em casa, os tais caras do Brasil tinham ido embora e Nestor também, graças a Deus. A paz reinava de novo no lar doce lar, e uma surpresa: Louis.

– Louis! Que bom te ver! – Quase cantei de alegria. – Que houve pra você chegar assim tão de repente? E a Michelle, veio também?

Louis me olhou com um meio sorriso e me abraçou tristemente, com aquele seu calor inconfundível de amigo sempre solidário.

CONCEIÇÃO

De madrugada, ouvi gritos de socorro que me arrancaram do sono. Em português claro e voz inconfundível.

Fui para a rua e lá estava a cena armada. Na esquina da rua, diante da casa que abrigava uma comunidade hippie, Conceição, baiana bonita e alucinada, com seu filhinho de cinco meses no colo, gritava por socorro.

Os enormes LOVE AND PEACE escritos na fachada da casa ficavam patéticos e cruéis diante daquela cena.

Corri para ajudar e consegui trazer Conceição para a minha casa.

Ninguém se mexeu muito, porque, na verdade, os companheiros da comunidade estavam por demais dopados para qualquer sim ou não. Em meu entendimento, a comunidade era um lar de filhinhos de papai rico, vindos de diversas partes do mundo à procura da suposta loucura e facilidade para as drogas de Londres.

O fato era do tipo seria cômico se não fosse trágico: o filho do banqueiro canadense com quem Conceição estava dormindo naquela noite havia tomado dezessete comprimidos de ácido e resolveu achar que o pobre bebê era Jesus Cristo, portanto, não precisava de corpo. Simplesmente, queria jogar o bebê na privada e dar descarga.

Conceição, felizmente, estava lúcida, embora tivesse tomado três ácidos, e reagiu ao seu modo: agarrou o garoto e saiu gritando pela rua.

Mais uma vez, eu salvava aquele bebê que tinha chegado três meses antes com a carta de um amigo, dizendo: Aqui vai a louca da Conceição e seu neném.

Só que o que eu pensei ser força de expressão, era a mais literal verdade. Conceição chegara dizendo que não ia criar seu filho numa ditadura. Um posicionamento louvável. Na realidade, viera em busca de um marido e acabara conseguindo um, na comunidade hippie, que poderia adotar o seu filho. O pai de verdade ela nunca soube ao certo quem era.

Seria inacreditável contar que o bebê era brindado com ácido na chupeta e, quando estava muito chateando, era pendurado num prego na parede. Quando a casa estava tomada por várias pessoas ocupadas com o exercício do sexo, ele dormia na gaveta da cômoda.

Conceição foi um dos inúmeros casos de brasileiros que chegaram assim em toda a Europa, recomendados por alguém, e a gente recebia, sem questionar, por uma solidariedade sentimental. Levamos um tempo para perceber que poucos, principalmente os que vinham para Londres, tinham alguma relação com a política. Era perfeito para eles usar a desculpa comovente de que precisavam de um lugar para ficar, por uma ou duas semanas, até arranjar uma casa e se apossarem por meses a fio da casa da gente. Uma praga. Levou tempo para aprendermos a distinguir os bicões.

Naquela noite, não achei ruim ter acontecido aquele alvoroço, porque me ajudou um pouco a esquecer a dor da morte do Tito e fez passar o tempo mais depressa, ansiosa que eu estava com a chegada de Pedro a qualquer momento.

TITO

– Que foi, Louis? Michelle perdeu o bebê de novo?

Louis me acarinhava com enorme cuidado, como se me trocasse um curativo.

Eu não estava entendendo nada. Olhei para Maria, que baixou os olhos e saiu da sala sem coragem de me olhar também.

– O que é que houve, afinal? – Voltei a perguntar, de outra maneira.

– Senta aqui. Tenho uma notícia meio dura pra dar. Vim até Londres porque não queria falar por telefone.

– Quem foi desta vez, Louis? O que houve? Fala logo, pelo amor de Deus!

– Tito se suicidou.

– O quê? – Recebi a notícia chocada.

– O Tito se matou – Louis repetiu.

– Como? O que aconteceu? Ele não estava se tratando, meu Deus? Louis, pelo amor de Deus, você tem certeza? Quando foi?

– Anteontem. A gente ficou sem saber como te contar. Depois decidimos que era melhor eu vir até aqui. O Tito não estava bem, não. A gente sabia.

– Eu sei, eu sei. Eu sei que ele nunca mais ficou legal depois daqueles dias de tortura na Operação Bandeirante. Mesmo antes dele sair do Brasil, na prisão, o pessoal sentia que ele não era o mesmo. Mas eu tinha tanta esperança de que ele conseguisse superar, Louis. Tinha tanta esperança.

– Todos tínhamos. Infelizmente, a gente sabe também que estas coisas fazem parte da luta. E são duras mesmo. É o preço que estamos pagando. No fim, minha querida, a gente acaba se perguntando sempre se não foi melhor assim. Nem todos conseguimos aguentar. E nós, que estamos vivos por aí? Será que vale a pena?

– Louis, é claro que tem também esse lado, mas, porra, eu nunca vou poder me acostumar com essa ideia de tantos amigos mortos, tanta gente querida que eu nunca mais vou ver. É duro demais, Louis, é duro demais.

– Eu sei, amiga, sei que é duro – Louis me apertou mais forte e ternamente em seu abraço. – Talvez seja mesmo mais fácil pra mim falar assim, porque, afinal, eu não cresci junto com nenhum destes companheiros que morreram. Entrei na luta por escolha, quando ela estava no meio do caminho. Apesar de ter me ligado a vocês todos, talvez seja mais fácil pra mim separar o emocional do ideológico. Embora me doa muito tudo que estou vendo acontecer, continuo achando que este tipo de coisa deve fazer parte das previsões da luta.

– Louis, querido, eu sei quanto você tem estado ao lado da gente nestes anos todos. Você sabe o quanto te amamos e respeitamos. Não adianta ser racional agora, porque nada do que você disser vai poder me consolar. Acho simplesmente incompreensível, absurdo e estúpido demais. Não dá para raciocinar em cima, não dá mesmo.

– É, eu sei – disse Louis, concordando comigo que, naquele momento, não havia espaço para um discurso racional. – Me desculpe. Eu queria poder achar um jeito de ajudar nesta hora. Não tem jeito mesmo, eu sei. Está doendo pra caralho, vai doer sempre.

– Como é que aconteceu? – quis saber.

– Ele se enforcou no galho de uma árvore.

– Foi enterrado normalmente?

– Foi. Você sabe o carinho que os dominicanos tinham por ele.

Foi enterrado como deve ser um cristão verdadeiro que ele era.

– Enforcado numa árvore – repeti as palavras de Louis. – Não deixa de ser parecido com ele: um jeito assim meio poético de escolher a morte.

– Achamos melhor não divulgar muito a notícia, por enquanto. Na verdade, apesar de ser uma possibilidade que alguns previam, acho que todo mundo estava apostando muito, acreditando, ou pelo menos querendo acreditar na recuperação de Tito. Ele era um símbolo de luta e de resistência, de capacidade de sobreviver ao próprio massacre. A coisa pegou a gente de surpresa, não há dúvida. Ninguém tá com cabeça pra discutir a repercussão política, positiva ou negativa, disso no momento. Os próprios dominicanos, inclusive os dominicanos brasileiros que estão na França, acharam que era melhor segurar a notícia, por enquanto.

– A merda maior, Louis, é que, no fim, os nossos mortos queridos acabam sendo usados como reforço de luta. A gente tem de expor e deixar eles serem esmiuçados, despidos, mil vezes descompostos e analisados, porque é importante para fortalecer a nossa posição. Estranha ironia essa da utilidade de um mártir, que leva a morte a acabar parecendo ter uma razão de ser. Que coisa terrível isso da gente precisar entregar ao mundo amigos que gostaria de guardar aqui, dentro do abraço, grudado no peito, passando pra eles a força do coração da gente, como se o amor pudesse oferecer alguma proteção.

– É foda, companheira. É foda.

– Louis, e os meninos? Betto, Ivo e Fernando? Eles sabem? Quem vai contar pra eles? Louis, isso vai pirar a cabeça deles. Acho que ninguém mais do que eles tinha esperança na recuperação do Tito. Como é que vai ser?

– Não se preocupe, Tê. Isso está sendo providenciado. Claro que foi a primeira coisa em que todo mundo pensou, e estamos resolvendo qual vai ser a melhor maneira de levar a notícia até eles. Não vai ter como amenizar o choque.

Levantei do sofá e respirei fundo. Não me sentia nem capaz de chorar, estava entorpecida.

– Você vai ficar por aqui com a gente? – Quis saber de Louis.

– Vou amanhã cedo. Tenho de voltar a Paris.

– Tá legal. Então amanhã cedo a gente se fala, antes de você ir. Se eu estiver dormindo, me acorda. Tô sem sono. Vou dar uma volta por aí e ver se me canso um pouco. Não aguento mais me encher de comprimidos pra dormir.

– Quer que eu vá com você?

– Não, obrigada, Louis. Preciso ficar um pouco mais comigo.

– Tá legal. Se quiser conversar, pode me acordar quando chegar.

Agarrada na minha moeda antiga de one penny, saí pela madrugada amiga e protetora de Londres, me sentindo miserável e carregando no âmago o contraste estúpido da calma total em que a minha alma se estratificava diante das coisas que traziam a força do inevitável.

Virgínia na infância. E, embaixo, com a família reunida.

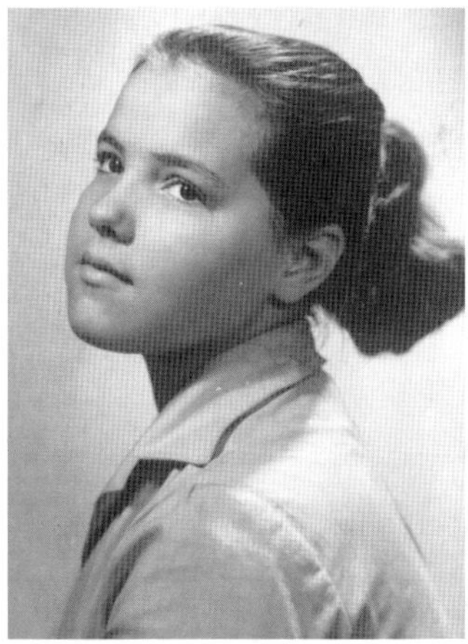

Virgínia no colo do pai.

Com o irmão, Pedro, na praia e no carnaval.

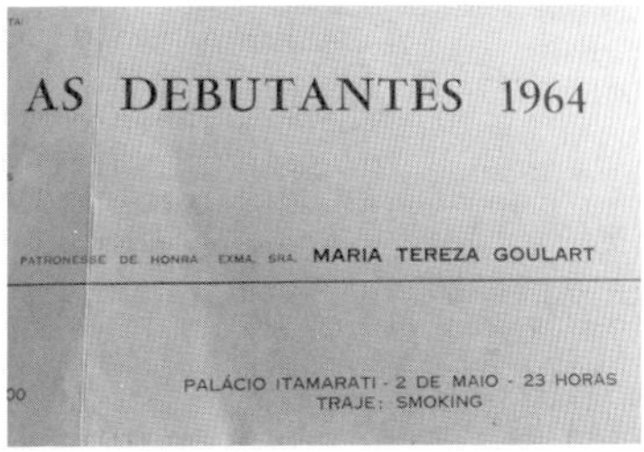

Baile de Debutantes de Virgínia no Golden Room do Copacabana Palace, em 1964, cuja patronesse foi D. Maria Tereza Goulart.

Virgínia com o pai fardado, em seu Baile de Debutantes.

Cópias do passaporte do pai, Pedro Cavalcanti.

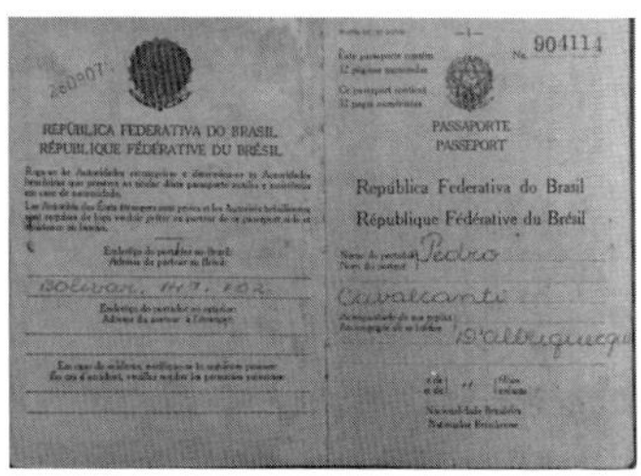

Virgínia, adolescente, com os pais e o irmão,
também em seu Baile de Debutantes.

Vistos de entrada e saída no passaporte de Pedro Cavalcanti.

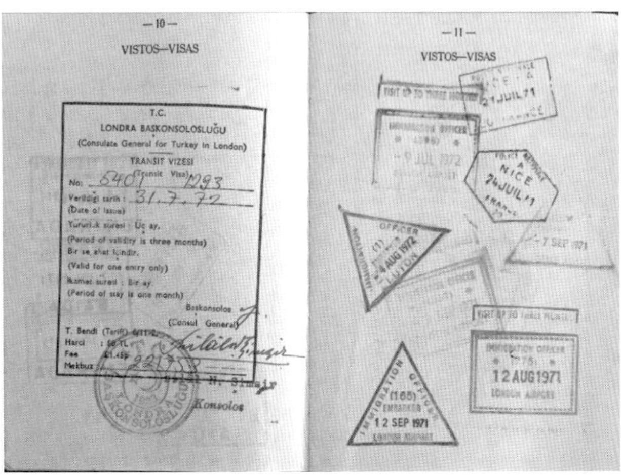

A mãe de Virgínia ajudando na cozinha, em Londres.

Dançando com o pai
em seu baile de formatura.

Com o amigo Marcos Vilela.
(Londres)

Com o amigo, Terry Ayotis, fotógrafo de Fórmula 1. (Londres)

No Hyde Park, com amigos. Entre eles, Miguel Paiva. (Londres)

Na redação do jornal JB, em 1968, ao lado de Fritz Utzeri.

Jovem.

Mariquita, mãe londrina.

Entrevistando Lord Snowdon. (Londres)

Entrevista com
Gilberto Gil. (Londres)

Entrevista com
Glenda Jackson.
(Londres)

Entrevista com
Jack Lemmon.
(Londres)

Virgínia moça.

Virgínia na rua.

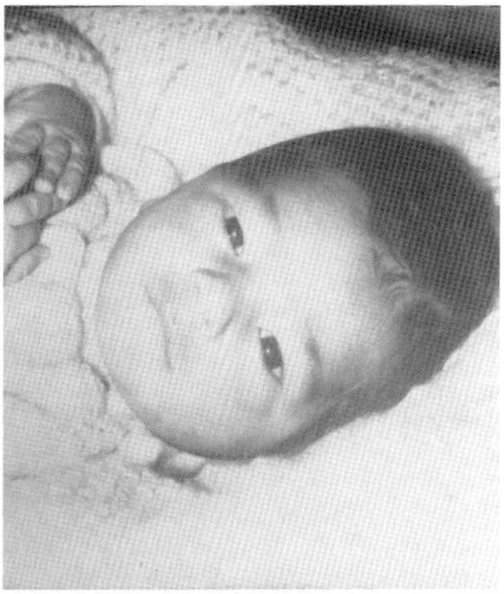

Pedro Paulo,
sobrinho.

O filho Diego e o sobrinho
Pedro Paulo, adolescentes.

Diego, adulto.

Com o amigo de longa data,
Leonardo Parnes.
(Londres)

Com Lucinha Lins, no lançamento do livro de poesias "Batom Vermelho".

Ensaio fotográfico.

O pai, Coronel Pedro Cavalcanti.

Com a mãe, Maria Amélia Ribeiro Cavalcanti.

Diego e Pedro: filho e neto.

Pedro, neto.

Virgínia, hoje.

DISCREPÂNCIAS

– Tê?

– Pepe? Ô, Pepe, meu amor, cadê você? Estou precisando tanto de você.

– Eu sei, meu amor, eu sei. Soube da morte de seu amigo Tito. Imagino como é que você está se sentindo.

– Onde é que cê tá?

– Em Montevidéu.

– Em Montevidéu? Que loucura.

– Escuta, meu amor: fica calma. Estou dando um jeito nas coisas aqui e, até o final da semana, pego um avião e vou te ver. Vou direto para Londres. Me espera que eu tô chegando aí assim que der, tá legal? Você devia ter me avisado logo que soube. Nós aqui sempre demoramos um pouco a receber certas notícias. Mas não faz mal: eu tô indo te ver.

– Ô, meu amor, que bom que você vem. Que bom ouvir sua voz. Eu estou me sentindo tão perdida, tão sozinha.

– Eu sei que é difícil. Procure não se desesperar muito, neguinha. Eu tô chegando aí. Um beijão enorme pra você.

– Pedro...

– Que é?

– Eu te amo muito. Graças a Deus você existe.

– Também te amo, Tê. Vamos estar juntos logo. Se cuide, que eu preciso de você inteira. Tchau.

Fiquei um tempo sentada no chão do corredor, o telefone na mão, aturdida com as sensações contraditórias de vida e morte dentro de mim, e pensando no sentido, de repente tão violento, da frase que eu vivia dizendo de brincadeira para as minhas amigas, no Brasil: neste país, as mulheres da nossa geração só têm duas soluções. Ou fazer revolução. Ou viver um grande amor. Será que dava para caber as duas vivências dentro da gente, assim, ao mesmo tempo? Eu me sentia tão feliz e tão doloridamente culpada pela certeza de Pepe, pela minha felicidade e com o que me parecia ser uma fantástica e desonesta ilha de egoísmo naquela confusão toda. Como eu aguentaria viver sem o amor de Pepe?

MARTA

A campainha desandou a tocar como se fosse sino de Natal.

– Pode deixar, Pepe. Eu vou – respondi, sonolenta. – É o carteiro. Ele sempre toca campainha quando tem alguma coisa que não cabe na caixa de correspondência. Deve ser um pacote com revistas do Brasil.

Pepe não gostou do barulho que pareceu exagerado.

– Calma, meu amor – sorri. – Ele me conhece e sabe que se não for assim não acordo mesmo. Quando algum dos vizinhos acorda primeiro, apanha o pacote pra mim. Já volto.

Mr. Birns era um velhinho simpático que achava uma loucura a quantidade de correspondências, das mais diversas e esquisitas que eu recebia. Ofereci uma caneca de chá com leite. Eu gostava do seu jeitão de avô que nunca tive. Ele me trouxe um pacote enviado por Louis e uma carta do Chile.

– O que era para tamanho escândalo?

– Um pacote da França, do Louis. Vamos ver o que é

Abri e caí na gargalhada: seis bombas de chocolate com um bilhetinho: Menina querida, é pro seu sofrimento não ficar amargo demais. Com carinho, Louis.

– Que doideira é essa de mandar bombas de chocolate pelo correio? Louis ficou doido? – perguntou Pepe, ainda no clima que a força da campainha deixara.

– Ele é um amor mesmo, Pepe. É que ele sabe que aqui em Londres só encontro bombas com cobertura de chocolate e recheio de creme branco. Só na França fazem como no Brasil, tudo de chocolate, como eu gosto. E o Louis tem dessas coisas, sempre presta atenção nos detalhes da gente e faz dessas surpresas.

– E a carta? De quem é?

– Vamos ver – disse, enquanto via o remetente. – Porra! É da Marta! Até que enfim! Faz meses que eu estava tentando localizá-la no meio daquela bagunça que está o Chile! Tinha até perdido as esperanças. Pô, Marta. Que saudade. Vamos ver o que ela conta, aquela peste querida. Porra, Pepe, como é bom conseguir reencontrar pelo menos alguns dos amigos perdidos neste mundo!

Tê, amiga, me desculpe a demora. Talvez tenha sido o peso da tua carta que acabou por me assustar. O peso do teu sofrimento. Hoje, depois de tanto tempo dela recebida, choro de novo a tua angústia.

A notícia que você me deu do Hélio foi extremamente dolorosa. Eu soube logo que ele foi preso e procurei denunciar daqui a prisão, na esperança de salvá-lo. Temia que qualquer tortura o matasse. Não esperava que ele resistisse, caso a barra fosse muito pesada. Esperava que tivesse um pouco mais de tranquilidade para saber que bastaria resistir um pouco. Não havia nada contra ele, afinal. Vejo que foi uma esperança idealista. Primeiro, pela fraqueza dele, sua pequeníssima ligação com a revolução e, em certos aspectos, rejeição. Segundo, porque sei o que é uma prisão. Sei que para muita gente bem mais preparada a tortura psicológica pega onde quer pegar: nos faz acreditar que aquilo é o mundo e que não tem fim. Toda prisão, e tudo o que nos acontece dentro dela, mesmo sem tortura física, existe propositadamente para criar um estado psicológico de isolamento e para nos deixar a sós com a repressão. É preciso estar muito ligado ao povo e à revolução para romper os muros, ver o povo por sobre a imagem dos torturadores.

É claro que o menino não tinha as menores condições para isso. Ainda assim, levei um puta choque com aquilo que você contou. É a tal história: eu entendo Hélio, não poderia deixar de entender. Por outro lado, ele não tem perdão. São muitos os companheiros mortos. Não estamos em tempo de brincadeira. Estamos em tempo de guerra. E quem denuncia os próprios amigos, como ele fez com você e os outros, não pode ser perdoado.

Tê, amiga, compreendo teu sofrimento. Palavra, gostaria de poder ajudar. Quando saí, encontrei muitos amigos sofrendo como você em um mundo que se estreitava e não os comportava mais. Uns partiram para a droga, outros para a negação gradativa de suas esperanças. De seus projetos. Outros, como você, se entregaram ao sofrimento.

De fato, o que é preciso entender é que nossos projetos de vida, e de amizade, e de amor, como eram construídos, existem em bases irreais. Eles só se concretizam num mundo de paz e fraternidade, que não é o que vivemos. Talvez eles pudessem se concretizar, parcialmente, ainda nesse mundo, porque nós somos a pequena burguesia e pra nós ainda há *um lugar.*

A luta de classe avança independente da nossa intervenção nela. E até contra, pois estraga nossos planos. Somos a pequena burguesia consciente. O inimigo estreita nosso lugar e o ar. Queremos nossa vida tranquila, nosso trabalho e nossos amigos. Veja, estamos na guerra, o inimigo cerra fileiras, o povo cerra fileiras e, como você vê e sofre, não há mais lugar para nossos projetos tranquilos: nosso trabalho honesto perdeu condições, nossos amigos entram para a frente de combate e morrem. Como eu, você, e muitos de nós, de certa forma, não tivemos condições de assumir o combate, *temos ao menos a validade de não estarmos servindo ao inimigo e de podermos estar disponíveis para voltar quando a luta estiver mais avançada e nos for mais fácil confiar nela. Eu queria te ajudar. E a única forma que tenho é me preparar para assumir a revolução.*

Também gostaria de ter conversado com você antes de vir para cá e ter pedido ao Hélio que levasse você até a embaixada. *Não sei o que houve. Você era uma das muitas amigas a quem eu devia uma explicação. Saí porque não me sentia com condições de assumir responsavelmente a luta clandestina e, devo dizer, a prisão foi uma grande escola. Por outro lado, sabia que não tinha condições de segurança para levar uma vida legal e que eu pudesse aos poucos ir reassumindo. Poderia ter ficado, talvez, se tivesse comprado minha liberdade. Mas isso eu não faria, como talvez Hélio tenha feito. Ficar significava para mim ficar na luta. Como eu queria essa luta, não podia ficar.*

Você entende?

Vamos ver se a gente consegue se encontrar

Um beijo enorme.

Pepe e eu nos abraçamos debaixo do cobertor. Ninguém tinha mais sono. Levantei para fazer o café, que a gente tomou na cama, em silêncio.

LSD

Tentando aproveitar meu sossego e abafar a saudade de Pepe, que tinha ido embora, coloquei headphones no ouvido e percorri as velhas canções dos Beatles, que me ensinavam a amar e conhecer melhor a Dear Old England, um mapa de emoções e situações.

Quando percebi a chegada de Márcio e Bia, larguei o som e me fechei no quarto. Eles estavam, como sempre, no auge da viagem. Eu não aguentava mais. A gente ali, preocupada com os companheiros todos em situação incerta, e aquele bando de filhinhos de papai chegando todo dia a Londres com a desculpa de estarem fugindo de um regime de opressão e, depois de instalados na casa de alguém que tinha um certo conforto, se possível chuveiro, preciosidade rara na Inglaterra, desbundavam feio. Me irritava, confesso, ver gente que tinha muitas razões para se arrebentar segurar as pontes com uma força que nem tinha mais de onde tirar, e este pessoal aí ir, assim, bestamente, se desestruturando.

Alguns, como Bia e Márcio, chegavam cheios de boas intenções. A gente se virava para ajudar e para conseguir realizar os sonhos de penetração na cultura europeia, que quase todos traziam, e, lá pelas tantas, eles largavam tudo. O processo era rápido e sem mistério: o pessoal chegava acostumado com a maconha que, em Londres, quando aparecia, valia ouro. O haxixe, ou hx, carinhoso apelido, era tão ruim que dava, quando muito, para fumar socialmente. O ácido, que estava inclusive no auge da moda, custava menos de dez cruzeiros, e era encontrável em qualquer esquina. Aí eles começavam a tomar ácido na mesma proporção em que puxavam fumo no Brasil, e se desestruturavam por completo.

Era doloroso ver as pessoas, aos poucos, parando de tomar banho, de escovar os dentes, de se enxergar. Alguns tinham períodos de catatonia ou de agressividade e chegavam a destruir inteiramente os flats onde moravam. Não conseguiam se integrar na vida do país, e era comum ouvi-los dizer que os ingleses eram frios. Geralmente, não tinham nenhuma atividade, nem sequer aprendiam a falar inglês e perdiam a noção dos limites sexuais: acabavam quase sempre morando em grupos de dez pessoas, em apartamentos pequenos, onde a higiene era nenhuma e o sexo, ou perdia todo o prazer, ou era praticado indistintamente entre todos, de qualquer maneira. Viviam dos pequenos golpes, do tráfico de drogas ou do dinheiro mandado pelos pais.

Quando Bia e Márcio chegaram, me afeiçoei bastante a eles. Chegaram cheios de planos. Ela queria terminar o curso de arquitetura. Ele, entrar no National Film Theatre, uma das melhores escolas de cinema do mundo. O acesso às Universidades inglesas era difícil. Fernando Gasparian, que sempre usava seu prestígio nos meios intelectuais e econômicos para ajudar os exilados, acabou conseguindo também para Bia e Márcio a entrada nos cursos que eles queriam, coisa que nunca era fácil.

Foi um esforço inútil. Aqueles dois estavam passando a fronteira da desintegração. Eu realmente preferia me trancar no quarto, porque não sabia mais como lidar com a situação. Lá pelas tantas, a porta do quarto se abriu de repente e acordei assustada. Era Márcio, que me agarrou chorando.

– Pelo amor de Deus, me ajude!

– Que que foi, Márcio? Que há com você?

– Como é que você consegue resistir ao ácido? Como é?

– Márcio, é uma questão de preservação. Minha cuca tá ruim pra caralho. Se eu entrar numa dessas, aí é que eu não volto nunca mais mesmo, né? Não posso, simplesmente não dá pra entrar. Às vezes, até tenho vontade, uma tentação forte, parece que seria muito mais fácil. Então, me tranco no quarto e fecho a porta, porque sei que minha cabeça vai arrebentar de vez se eu entrar nessa.

– Me ajuda, por favor! Eu não tô conseguindo aguentar mais. Tô sentindo que vou me afundar. Não tô sabendo onde me segurar. Sei que a gente te agride muito, mas é porque a gente tem inveja da tua segurança. A gente fica com raiva de ver como é que você consegue encarar a angústia sem fugir. Me ajuda, Tê. O que é que eu faço?

– Márcio, não sei mesmo o que eu poderia fazer por você. Acho que só você pode se ajudar agora. Descolei faculdade, você conseguiu ser aceito, e sabe como é difícil entrar lá. Só que você nem apareceu para fazer a matrícula. Acho que não só você tá perdendo uma chance que todo mundo queria, como também a saída possível pra você assumir alguma atividade concreta, decente, que te preencha e dê sentido para sua vida. Te dou a maior força. Tenho feito o possível. Mas não posso resolver por você. O máximo que posso fazer é ensinar um pouco mais de inglês, pra te facilitar os estudos. Não sei como te ajudar. Tô aqui, você sabe.

– Promete uma coisa pra mim? Quando eu for sair pra tomar ácido nos parques, não me deixa ir não. Por favor, me segura de qualquer jeito, que eu sei que tô me acabando e não tô conseguindo evitar. Eu queria tanto um pouco da tua força.

– Não sou forte, Márcio. Não sou. Apenas me conheço e sei que, pelo contrário, estou fraca agora para arriscar qualquer coisa que possa me foder de vez. Prefiro fugir.

Mais uma vez, senti uma pena louca de ver alguém com enorme

potencial criativo e chances únicas para concretizá-lo se desperdiçando. Abracei a cabeça de Márcio, jogada entre meus seios, e fiz nele um cafuné de irmã. Assim como quem dá uma injeção para aliviar as últimas dores de um doente sem cura, porque eu sabia, e ele também, que no ponto em que ele estava, a possibilidade de volta era impossível.

CARTAS

Carta da Soninha:

Quer que eu te diga por que quero ir para Londres?

Antes de tudo, porque eu não tenho contas a prestar com a possível fuga ou deserção.

A palavra fuga tem muito a ver com a continuidade de busca ou de mudança.

E outras coisas: quero ir para Londres para estudar e trabalhar. Se possível, conhecer definitivamente as minhas possibilidades.

A minha vida parece sacudida, e eu sinto que urge uma mudança. Não acho necessário dar muitas explicações à ânsia de mudar. Às vezes, fugir é permanecer.

Acredito que você saiba. Que você entenda. Por ter estado tão próxima de mim em momentos de humildade e sofrimento. Aqueles momentos passaram. Pouco a pouco as coisas se restabelecem dentro de mim.

O grande problema agora é que não estou sabendo responder ao mundo externo que me rodeia e me exige. Então, penso que tenho o principal para me dar bem aí, a vontade de viver num lugar novo, onde eu possa encontrar uma harmonia que no momento não existe aqui.

Estou meio cansada da artificialidade das pessoas do Rio. Estou consciente de até onde isso é um problema meu. Sei que qualquer lugar serve para viver quando se está bem consigo mesmo. Escolhi Londres. Poderia escolher Roma, conheço a língua, as pessoas e malícias. Escolhi Londres.

O que muita gente não compreende, é que talvez eu tenha confiança em mim.

Há apenas uma rede fina separando lembranças e conflitos das minhas falas e atitudes. Não quero e não posso explodir, entende? Porque eu sei que a realidade externa que busco vem ao encontro dessa tensão. À medida que a gente vai vivendo, a realidade *vem ao encontro dessa tensão. À medida que a gente vai vivendo, a gente vai se enxergando. Até se encontrar. Mesmo que depois a gente se desencontre outra vez.*

Agora, eu quero fazer coisas que me façam sentir a quantidade de vida que tá queimando dentro de mim.

Tenho uma forma um pouco estranha de demonstrar o meu amor pelas pessoas. Para mim, o mais importante é que saibam que eu tô perto. Como você me falou um dia, existe aquela mola-mestra dentro da gente, alguns conseguem atingi-la e soltam a gente na hora, não é assim?

Tenho muito ainda a aprender, e dar, e formular. Tem todo aquele lado da gente que só a gente conhece e sabe que existe, puro e verdadeiro.

Acredito que os problemas a serem enfrentados aí sejam conhecidos e esperados, qualquer necessidade de adaptação gera esforços de nossa parte. Se não fosse assim, como seria?

Eu entendo a tua vida aí. Entendo, agora mais do que nunca, o que te levou para Londres. As pessoas falam, e elas sempre falam na hora errada. O que elas dizem carece de profundidade, são slogans e expressões corriqueiras. Uma experiência internacional não há que ser, necessariamente, a última atitude na vida, muito pelo contrário.

Quando eu saí da cela pra rua, tinha descoberto, tinha acaba-

do de descobrir uma gana de viver absoluta. Eu pensei: eu tenho que concretizá-la e me reabilitar com a vida. Porque, até então, eu adiava, adiava os encontros, as lutas, e as porradas. É maravilhoso perder o medo das porradas porque, *automaticamente, a gente passa a se permitir as vitórias.*

É assim que eu sinto as coisas e sei que você me entende.

Não dá pra falar muito. Sei que você tá entendendo.

Eu quero ir sim. Sei que quero.

Resposta para Soninha:

Eram três horas da tarde no Rio de janeiro, num Rio de Janeiro provavelmente cheio de sol, e você pegou o telefone e me ligou.

Why, companheira? Senti você sozinha, como muitas vezes sozinha fico, e tenho vontade de te falar, papear. Quando pedi pra me dar o teu telefone, a telefonista disse que você tinha desligado. E aí a mensagem ficou no ar.

Quem, não tendo o hábito de beber, liga o telefone internacional no segundo uísque a fim de conversar com amigos ou amiga? Todos eles presidiários da ternura.

A gente nem precisa de uísque, né?

Tentei te imaginar sozinha, num quarto que se parece com o que você tinha antes, e te entendi. E entendi todas as vezes, principalmente naquelas dos últimos meses, quando percebi que o meu quarto também se parecia com quem eu era antes.

Eu, enrolada na toalha, secava no corpo o Phebo, a quem eu era fiel há catorze anos, num verão artificial de central heating.

Agora é muita música, e eu de calça Lee e túnica indiana. E é assim que vai ser o verão: muita roupa leve, curta, transparente, tudo muito solto. E eu quero ver você solta também neste verão.

É o Pepe que me agarra e diz: sou louco por você. E eu respondo: não, você não é. Não sei como consegui viver até agora, sem você.

É a casa cheia de amigos, virada de cabeça pra baixo. Nunca vou ter uma casa em ordem.

É todo mundo querendo ir dançar, sem entender que eu quero conversar com você quietamente. Sei que a música vai remexer as farpas famosas da alma e eu vou dançar feito louca e beber muito e suar e chorar. Chorar como se sua, assim tão naturalmente quanto se sua.

Você no seu sol inútil e eu no meu verão artificial.

Eu tenho algumas saudades fixas, coisas entaladas na garganta.

Eu tenho um buraco impreenchível, que é o meu sobrinho: não vou ver nascer.

Eu tenho meus pais na mente e você pregada, fluindo em cada poro.

As coisas que você diz no telefone não têm muita importância, não. O que importa é o som da sua voz.

Batida de maracujá. Tá todo mundo tomando um porre. É incrível como essas pessoas aqui ainda me exigem o sorriso. Eu vou encher a cara de maquilagem e me mandar para a noite.

Eu vou me transportar a outras noites anteriores, noites de suar angústia.

A gente descobriu, eu e Márcio, que aqui em Londres, até o desespero da gente é tranquilo. Até.

Olha, amiga, eu vou te esperar. Eu vim para cumprir, e vou cumprir. Eu vim pra encontrar e vou encontrar.

Posso te contar das coisas, porque eu agora tô sabendo mais e sei um pouco como é sofrer em Londres.

Posso te dizer que a vida aqui não para, mesmo quando parece que vai parar.

Agora eu tô me perdendo na penetração do branco. Eu tô descobrindo que o fundo do verde é o branco. Que o branco é a área em cima da qual a gente risca a vida, quando a vida é pura e real.

Batida de maracujá.

A primavera está chegando mais cedo. Eu me preparo para um verão em cores claras, em tudo quase branco.

Eu continuo muito amiga da minha tristeza.

Ando também ficando muito impressionada com a força que minha vontade emite sobre as pessoas. Eu tenho receio da responsabilidade que isso me dá.

Olha, amiga, tô te esperando. Não gosto desta gente que te faz sofrer, eu odeio "eles".

Quero ter a minha casa sempre assim, cheia de gente e do calor da desordem, da desordem das mentes e dos objetos, e eu passeando com a minha tristeza dentro disso. Meu riso casual.

Quando você chegar, vou te levar pra ver o Holland Park e a ponte de Westminster, de noite, com o Big Ben e tudo mais de perfil, tá legal? Eu não posso ir embora sem viver contigo essas coisas, porque não vai dar pra contar, sabe?

Fica tranquila: eu tô aqui. Tô ficando de vez em quando com uma vontade de ver Roma.

Obrigada, sabe? É bom saber que você existe e me telefona. *E depois, pra você, eu posso dizer coisas como a que eu tive vontade de chorar por causa da minha carteira de cigarros que eu amava e que algum distraído jogou no chão, pisou e quebrou irremediavelmente, pois eu sei que você vai me compreender e apreender.*

A PÁSCOA

A Páscoa, em Londres, é festejada com o mesmo clima com que se festeja o Natal, no Brasil. É estranho ver as pessoas passando na rua apressadamente, cheias de embrulhos e planos, sorrindo mais gentilmente que o habitual.

Deve ser a primavera.

A mulher do meu landlord, judia, tinha me ligado convidando para a ceia de Páscoa deles, porque sabia que eu ia estar inteiramente só. Ela mostrava muito carinho por mim. Parecia que na Inglaterra o carinho fazia parte do modo de ser das pessoas. Eu sempre estranhava.

Uma puta nostalgia das Semanas Santas mineiras: a procissão, o frio e a lua cheia, a mesa farta, a família e a vigília pascal. Puta saudade. Que coelhinho iria se lembrar da minha solidão? Não, não conseguiria ir ao jantar dos Goldhill, porque seria impossível suportar uma reunião familiar que não fosse a de minha família. Seria preferível chamar uns brasileiros avulsos e festejar com eles.

Quem?

Comprei um mundo de bacalhau e fiz aquela panela enorme de bacalhoada tradicional.

Para quem?

De repente, o telefone tocou. Era Bia, que estava morando com um bando de gente, e eu convidei todo mundo para comer na minha casa.

Dali a pouco, chegaram. Eram quinze, entre ingleses e brasileiros. O charuto de hx começou a correr, alguns deles se acariciavam de um jeito que me dava repulsa, e a solidão foi crescendo vigorosamente dentro de mim. Coloquei na sala, para eles, uma preciosa garrafa de Coquinho Gaudêncio, cachaça de Juiz de Fora envelhecida no coco. Eles que fizessem a festa deles naquela sexta-feira, porque eu achei melhor me trancar no quarto e escrever.

Mas o ruído da festa que não era minha me expulsou de casa. Preferi andar na rua. Minhas longas e revigorantes caminhadas pelas madrugadas. Quando voltei, encontrei Márcio saindo. Os outros já tinham ido embora.

– Que houve? Vocês já vão?

– Claro. Nunca fomos tão agredidos na vida.

– Como assim?

– Você, Teresa, é a pessoa mais careta, moralista e egoísta que existe. Não dá pra transar com gente assim não, tá legal? Nunca mais quero ver a tua cara.

Porra, não entendi nada. Dentro de mim, uma bagunça ainda maior do que a que encontrei pela casa. Pratos sujos, sensações precisando ser desengorduradas com água fervendo. A panela quase vazia, os copos espalhados. E a angústia envolvendo, como um pano de prato impaciente, os meus sentimentos molhados de tristeza. Não deu para entender, mas arrumar a casa é sempre uma terapia que funciona.

Quando comecei a dormir, a garganta lascou a doer. Febre violenta. Eu sozinha. Chamar quem? Consegui alcançar os comprimidos, tomei logo dois e dormi estupidamente por mais de vinte e quatro horas, a garganta e a febre me castigando o corpo como a solidão castigava a alma.

Acordei no domingo de Páscoa sem ovo algum esperando por mim. O coelhinho não deve ter encontrado passagem para Londres, por causa do intenso movimento no tráfego do esquecimento.

Heroicamente, levantei, mesmo com a febre me querendo de volta na cama. Teimosa, coloquei no forno o peru que havia temperado com o maior carinho.

Para quem?

O cheiro bom que vinha do forno consolava minha dor. A garganta parecia querer me mostrar em quantidade física o que me doía em qualidade emocional. E a febre me fazia acreditar beneficamente que tudo aquilo não passava de um delírio.

Às quatro da tarde, o peru ficou pronto, recheado com farofa. Resolvi comer na mesa da sala, toalha posta e vinho. Numa das mãos, a travessa de farofa, na outra, a do molho. E aí, como se nada pudesse ficar patético demais, tropecei no degrau que levava à sala, tonta de febre e solidão, e vi o molho voar e se esparramar manchando o tapete e o sofá com manchas que nunca mais sairiam e que seriam a minha lembrança daquela Páscoa. O prato de farofa, com uma dignidade ridícula, caiu de pé e pouco se afetou.

Deitei sobre o tapete e fiquei ali, no desespero mais impotente possível, me sentindo fraca e humilhada e chorando baixinho, baixinho, até porque ninguém iria me escutar mesmo.

– Teresa? May I come in?

Era Lawrence. Lawrence, meu Deus, que bom!

Lawrence era um dos dois garotos do flat de cima. Farmacêutico, era uma espécie de anjo protetor que aparecia sempre, assim, inexplicavelmente, quando eu mais precisava. Era forte, grandalhão, desajeitado, e eu me senti pequenininha e protegida quando ele me suspendeu do chão e me levou no colo até a cama.

– Meu Deus. Você está ardendo em febre. Espera aí que vou buscar alguma coisa.

Poucas vezes em minha vida experimentei um sentimento tão

grande de gratidão. Como bom farmacêutico, Lawrence me deu remédios e limpou a sala. Como bom inglês e bom homem que era, ficou segurando a minha mão até que eu dormisse.

À noite, me acordou com uma surpresa que me fez chorar de emoção: um ovo de Páscoa perfeito. De chocolate mesmo. Depois, me levou à sala que estava limpa e arrumada e, para minha surpresa, com alguns amigos seus. Sentados em volta da mesa posta, cheios de fome e carência, o casal de americanos que morava no flat de baixo, e Ivor, que morava com Lawrence, nos fizeram companhia naquela noite. Estávamos todos sozinhos. Nos aquecemos mutuamente, contamos as lembranças de casa e rimos daquela coisa esquisita que eles nunca tinham visto e que voava da boca cheia quando a gente falava fa-ro-fa.

PIQUENIQUE

O aeroporto de Orly sempre iria me deslumbrar. Fiquei pensando assim e rindo sozinha do meu próprio sentimento de subdesenvolvida. Ou em desenvolvimento, como inventaram para não parecer tão hostil e degenerativo. Ou será que eu só estava querendo distrair os pensamentos para não encarar mais uma vez que o filho da puta daquele avião supersônico, que nunca se atrasava, tinha levado o meu Pepe embora mais uma vez?

Estava um pouco cansada. Meu coração andava reclamando do quanto sentia e de não poder viver dentro daquela relação. Era preciso assumir a opção. Eu bem sabia que as coisas só não eram diferentes porque Pepe realmente não podia. Ou será que podia? Não, claro que não podia. Ainda bem que no dia seguinte a gente ia fazer aquele piquenique: eu, André e sei lá mais quem. Quanto tempo fazia que eu nem lembrava do que era um piquenique.

O campo nos arredores de Paris era diferente do campo inglês. Eu me sentia como se estivesse passeando nas imagens dos livros azuis da Aliança Francesa. Campo, no Brasil, tinha outra conotação. Nem dava bem para explicar a mesma palavra em dois sentidos, em duas vivências tão diversas. O campo ali era florido, gramado e plantado. Aberto e longo. Com cara de piquenique. A gente, chegando naquela pulguinha que era o carro do Louis, armados de cestinhas de palha e escolhendo a beira do lago para pousar. Tudo parecia imagem de filme.

Abrimos a toalha sobre o gramado. Fotografei todo mundo de todo jeito: de frente, de perfil, de cabeça para baixo, de dentro para fora. Fazia tempo que eu não me sentia leve, relaxada e despreocupada. À toa, como se tivessem inventado pílulas para esquecer, igual pílulas para dormir. Seria tão bom, não seria?

Deitada no colo de André, eu mordiscava um talo de capim, me entorpecendo no cafuné displicente do amigo amado.

Era inevitável o assunto cair na política.

– André, você ainda está pensando em voltar? – Quis saber Louis.

– Agora acho melhor pensar duas vezes – respondeu André.

– Voltar pra onde? – Entrei na conversa.

– Pro Brasil, ora – disse Michelle, enfática.

– Pro Brasil? Que loucura é essa? Como é que você poderia entrar? – Eu, mais uma vez.

– Você não sabia que voltou uma porção de gente? – Louis, de novo.

– Não, não – falei. – Não sabia. Aliás, tem coisas que a gente em Londres custa a saber.

– Pois é – seguiu Louis. – Tem muita gente voltando, principalmente o pessoal que foi pra Cuba, fez curso de guerrilha, e resolveu clandestinamente reorganizar a luta armada.

– Acho isso uma loucura total – insisti. – Não tinha a menor ideia de que isso estava acontecendo. Você também tá pensando em fazer esta besteira, André?

– Eu estava refletindo sobre o assunto – falou André, displicente. – Não vejo muito sentido em ficar aqui. O que move a minha vida é a revolução brasileira. Depois do que aconteceu com o Arantes, não sei mais se vou. A gente tá reconsiderando, pra ver se vale a pena ir. Talvez não seja o momento ainda.

– O que aconteceu com o Arantes? – mais uma vez eu, desinformada. – Ele não estava vindo morar aqui?

– Você não tá sabendo? – espantou-se Michelle

– Sabendo o que, gente? Eu não tô sabendo de nada do Arantes, a não ser que ele estava vindo morar na França.

André, Louis e Michelle se entreolharam com aquele olhar aflito, sem saída, e mais do que familiar.

– Mataram o Arantes, Tê. – disse André, segurando com força os meus cabelos e a minha cabeça.

– Como foi isso? – Eu, sem a menor condição de nem sequer me abalar com a violência do nosso drama.

– Ele tinha voltado há algum tempo – disse André, sério e sem expressão. – Conseguido entrar. A gente não sabe bem o que aconteceu. Sabia que ele estava rearticulando o contato com as organizações armadas. No começo da semana, chegou a notícia: pegaram ele na rodoviária de São Paulo. Foi morto ali mesmo, a tiros, parece. Aquele papo de foi morto quando tentava resistir ao cerco, o terrorista Fulano. Você sabe, do jeito que eles contam no jornal, o povo engole. Foi isso. E aí a gente tá tentando saber de outras pessoas também. Ao que parece, o caso do Arantes não foi o único. Mais uma prova de que os agentes infiltrados aqui estão mesmo funcionando.

– Eu não sabia de nada – falei, desalentada.

A tristeza acabou com o nosso piquenique. Como fazer piquenique com a morte entalada na garganta de mais um ou mais quantos companheiros? Não havia tristeza que pudesse ser digerida, mesmo a gente sabendo que era momentânea. Voltamos para casa. Sem coragem de ficar sozinha, resolvi ir para o apartamento do André.

Rue de La Harpe, 12. No último andar, as escadas estreitas de ferro antigo. O apartamento todo era quase que só o enorme colchão de casal e os livros empilhados pelo chão. Cansados e melancólicos, sentamos na beirada do colchão. André botou um disco. Elis cantava: *"Ontem de manhã quando acordei/ olhei a vida e me espantei. Eu tenho mais de vinte anos/ eu tenho mais de mil perguntas sem resposta/ estou ligada num futuro blue..."*

– André, sabe o que me assusta? De repente, descobri que tenho vinte e três anos e tenho um passado. Você não acha isso um negócio pesado demais?

– Acho. Acho sim.

"Os meus pais nas minhas costas/ as raízes na marquise/ eu tenho mais de vinte anos/ e o sangue jorra pelos furos/pelas veias de um jornal/ eu não te quero. Eu te quero mal..."

– Você já experimentou hax? – perguntou André, sério.

– Não, nunca.

– Peraí que eu vou arrumar pra você provar.

Um cachimbo igual ao dos colonos com quem eu fumava na fazenda. Um fumo escuro, parecido com fumo de rolo. Um vazio dentro de mim, e a vontade louca de que em algum canto meu espocasse um sinal de reviver, uma brecha para reiniciar.

"Essa calma que inventei, bem sei/ custou as contas que contei/ eu tenho mais de vinte anos/ e eu quero as cores e os colírios, meus delírios/ estou ligada num futuro blue..."

Fui tragando e ficando um pouco entontecida. Não sei se a coisa subia pelas veias até a cabeça, se pelo oco da alma, e me dava a sensação de poder flutuar e ir embora da vida. Ou se pelos beijos macios de André, que escorregavam pela minha nuca, entre mordidas famintas de um desejo há muito tempo contido. Não sei se por tristeza, por vontade louca, ou pela inadiável necessidade de nos confirmarmos vivos, existentes concretos, nossos corpos se enroscaram, se entregaram, se fundiram e se melaram. Nos gratificamos e nos descansamos. Nos amamos com a calma com que se ama alguém que nos é muito caro e precioso, com a fúria com que se ama alguém que não nos pertence e a quem não pertencemos. Não houve espaço para nenhum espanto. Como se a gente sempre tivesse sabido deste momento que seria nosso alguma vez.

Calados e profundamente perturbados, juntos e mesclados, André e eu fomos procurar um lugar onde comer fora do Quartier. Era preciso tomar um bom vinho.

PAULO FREIRE

Na conferência, a figura pequena e o sotaque nordestino de Paulo Freire eletrizavam e dominavam os maiores educadores da Inglaterra. Suas ideias e sua simplicidade para expô-las, a prática testada em várias partes do mundo sob condições diversas, tudo calava a boca das maiores inteligências do país, suscitava polêmicas e mudava os caminhos.

Entre os espectadores, eu vibrava e sentia orgulho da figura vigorosa que tivera tanta influência na minha vida e na estruturação do meu modo de ser. Foi através do seu método de alfabetização que eu e muitos brasileiros da minha classe tivemos o primeiro e determinante contato com o povo. Era muito bom ver que aquele homem não se aquebrantara pelos muitos anos de exílio e sofrimento. Continuava a ser um nordestino bravo e resistente, e isso mexia com minhas raízes.

Quando a conferência terminou, fui até ele, me apresentei como sendo a pessoa que deveria ciceroneá-lo pelo resto de seu dia em Londres, e depois levá-lo até o aeroporto. Senti-me indisfarçavelmente honrada com a oportunidade. Ele não queria fazer nada em especial. Levei Paulo Feire para minha casa. Comeu arroz, feijão preto, farinha, queijo, goiabada e tomou café do Brasil.

O papo foi despojado como ele próprio era. Aprendi a estimá-lo por sua imensa inteligência e humildade. Me contou das experiências na África e nos Estados Unidos. Falou do Chile e do trabalho no Conselho Mundial das Igrejas, na Suíça.

– Não fico saboreando essa coisa do exílio – disse Paulo Freire. – Isso impede a gente de viver. Não acredito mesmo na possibilidade de volta, de modo que, na minha casa, é difícil, raramente acontece, da gente comer feijão preto ou goiabada, apenas, como símbolos de um patriotismo que é inútil conservar. A esta altura, inclusive, não sei se conseguiria voltar ao Brasil, mesmo que me fosse concedida a permissão. Você vê, meus filhos são muito mais suíços do que brasileiros. Não sei se eles conseguiriam viver lá. Adquiriram hábitos europeus. Só falam português porque eu e minha mulher falamos. Sua língua natural agora é o francês. E depois, estes anos no exterior me mostraram o seguinte: há muito o que fazer pelo mundo afora. Há muitos povos que sofrem tanto ou mais do que o nosso. O tipo de trabalho que faço pode ser útil em vários lugares. Ao contrário de muitos exilados brasileiros, eu não poderia considerar a minha vida perdida ou sem sentido. Pelo contrário, sei que sou útil, embora, é claro, muito me entristeça não poder estar ajudando a minha própria gente, que eu sei que tanto precisa, e ver coisas como o Mobral, que deturpou inteiramente o meu método, disfarçando-o e tornando-o nocivo para servir à ditadura.

Paulo Freire foi a primeira pessoa que eu encontrei lá fora que me dizia se sentir integrada, de alguma forma, à vida no estrangeiro. Até me espantei, porque estava achando que isso não era possível realmente, num nível mais profundo e arraigado.

Anos depois, vimos que ele tinha razão: se você cria os filhos em outro país, eles acabam não tendo raízes brasileiras, e a gente mesmo tende a adaptar-se a uma nova ideia de pátria como sendo o país que nos acolhe e nos permite viver, amar e produzir.

Foi importante ouvir tudo aquilo, e do jeito que foi dito, de uma pessoa como Paulo Freire. Foi uma esperança de que, algum dia, eu poderia reconstruir a minha própria vida. Mesmo com a saudade doendo indelevelmente, como nós sabíamos que sempre seria.

Mostrei a ele meus escritos: contos, poemas e o início de um romance. Ele leu com enorme atenção, para meu orgulho maior ainda. Depois, me disse que era fundamental publicar tudo aquilo algum dia e que nós todos valíamos, sobretudo, pelo testemunho que poderíamos dar, cada um, do pedaço da História que nos coubera viver, ainda que de pontos de vista divergentes. Levei-o ao aeroporto cheia de carinho e gratidão. Mais uma vez, aprendera lições importantíssimas da vida com este homem. Dali pra frente, não perderíamos mais o contato.

Do aeroporto, fui direto para a casa de Fernando, encontrar Pepe, que estava terminando uma reunião. Entrei silenciosa, para não atrapalhar, e conheci outra figura que viria a ser muito marcante para eu aprender a viver tranquila no exílio. Um homem magneticamente carismático, de olhos verdes que diziam muitas coisas e voz calma e precisa, cujas teorias eu dissecara inúmeras vezes nos grupos de estudo da organização. Sua fama também estava solidificada no mundo inteiro: Celso Furtado. Ele parecia uma espécie de mago. Transmitia uma calma de quem conhece segredos, e me pareceu perfeitamente justificável que fosse um mito. Merecidamente, um mito.

Terminada a reunião, Pepe e eu seguimos a pé, sem pressa, como a gente gostava tanto de fazer, feito namorados adolescentes, até chegarmos a Piccadilly. Fomos comer no Swiss Centre, talvez a melhor comida de Londres. Sobre a mesa, mãos dadas e o melhor vinho.

Eu tinha um certo pudor de perguntar as coisas ao Pepe, assim como a gente tem pudor de perguntar a um amigo que foi preso ou torturado como aconteceu com ele. Como se aquilo fosse reviver a ferida. Nos caminhos da intimidade, a gente acaba chegando a essas encruzilhadas da alma. Então eu ousei:

– Pepe, por que você decidiu fugir em vez de resistir?

– Já ouvi muitas vezes, e de várias pessoas, uma análise desta minha atitude que não foge da verdade. Não tem nada de muito mais profundo por trás deste fato. Minha formação não foi mesmo em cima de uma ideologia política direcionada para o socialismo. Foi, como dizem, uma formação populista. Para mim, se traduz dessa forma: cresci no meio do povo simples e aprendi a amá-lo, e a conhecer suas necessidades. Com meu padrinho, aprendi que a nossa posição de pertencer a outra classe social nos dava o privilégio e a obrigação de fazer o possível para melhorar as condições de vida desse povo. Foi por esta razão que fui aceitando os cargos políticos que apareceram. Sempre atuei pensando em beneficiar aquela gente que eu amava, com um amor arraigado desde a infância. Nunca me estruturei politicamente, no sentido de que me cobrariam e tentariam me checar. Nem mesmo quando cheguei à presidência, pela qual não esperava, e para a qual, naquele momento, acredito hoje, eu não estava preparado. Na verdade, acho que o Brasil não era, e talvez ainda custe a ser, um país politicamente estruturado. E me parece que poucas das figuras da nossa história agiram por ideais despidos de razões profundamente emocionais. Essa é a minha análise, o meu ponto de vista. Quando aconteceu o golpe, muita gente tinha me avisado, porém eu me recusava a creditar, o que mostra a medida da minha ingenuidade política. Parece frágil demais para um presidente? Era a verdade, infelizmente. Eu estava cercado de traidores. De gente muito mais esperta do que eu, do ponto de vista de aproveitar a oportunidade do momento político. O golpe militar, para mim, foi e não foi uma surpresa. Eu tinha sido avisado e achava meio impossível que aquilo acontecesse no Brasil algum dia. Muito menos poderia acreditar que ele fosse se estabelecer, gerar toda a violência e destruição que gerou, e ainda permanecer por todo este tempo. A verdade, minha querida, é que eu fiquei desorientado. Não sabia a quem ouvir, em quem confiar. Então resolvi me guiar apenas pelo meu coração. Por mais idiota que possa parecer eu confessar isso agora, eu, o Presidente deposto, aquele que tinha a expectativa de toda a nação voltada para si, num momento indubitavelmente histórico. Eu estava profundamente perturbado e só conseguia entender que havia tentado fazer alguma coisa pelo meu povo e não conseguira. Foi tudo rápido demais, a minha ascensão e a minha queda. A exigência do momento político era maior do que eu, do que a minha pessoa poderia apenas responder e decidir. Resolvi agir pelo que intuía ser o mais certo, pois o atordoamento do momento não dava lugar para muitas análises, ainda mais para análises serenas e corretas. Saí do país pensando que não podia derramar sangue em vão, sem nenhuma diretriz definida na cabeça, sem saber quem eram meus amigos e meus inimigos. Como eu poderia estar certo de com quem poderia contar naquela hora? Havia, também, a minha dor pessoal. Eu tinha sido traído por gente que eu julgava amiga, e sentia dificuldade de ter nas mãos uma decisão daquele porte. Decididamente, eu me sentia pequeno demais para tudo que estava me acontecendo. Saí do país, certamente com a ideia de voltar em breve, certamente sem imaginar que o exílio seria tão longo, certamente pensando em qual seria a melhor maneira de organizar uma resistência e colocar o poder de novo nas mãos de quem estivesse de fato interessado nas condições de vida do povo. De lá para cá, você já sabe. E depois, quando começou a chegar aquela enxurrada de exilados no Uruguai, quase todos desesperados, sem dinheiro e sem destino, acolhê-los e ajudá-los tornou-se prioritário para mim e acabou me tomando por inteiro. Quando pude, de fato, parar para pensar nos acontecimentos, já era tarde: a ditadura militar havia se estabelecido de forma muito penetrante, e eu não seria mais suficiente para conseguir reação alguma. Naquela altura, mesmo com bastante mágoa, eu pude encarar uma verdade: o fato de que eu amava meu povo e tentara fazer o melhor por ele não significava absolutamente que este amor fosse correspondido e que não fosse apenas aproveitado oportunisticamente, culpa, aliás, da posição paternalista do meu e de outros governos. E nem significava também que o povo fosse capaz de lutar por mim ou em meu nome. Ainda mais, esmagado do jeito que estava sob as botas do medo. É isso. Parece idiota demais?

– Não, claro que não. Eu sempre continuarei a achar você um homem único e, sem dúvida para mim, o melhor Presidente que o Brasil já teve.

Enquanto eu comia o meu delicioso souflé glacé drambuie, me lembrei, de uma maneira incômoda, da trepada que tinha dado com André e que eu tinha justificado como consequência do momento emocional aturdido que nós dois estávamos atravessando na hora em que aconteceu. Me metralhavam a cabeça também os questionamentos de André a respeito da validade da minha relação afetiva com Pepe. De repente, com o gosto do licor se desmanchando gelado na minha língua, a consciência de que Pedro, mais uma vez, iria embora no dia seguinte, e a perspectiva de que seria sempre desse jeito me doeram qual uma facada a ponto de eu não conseguir me segurar:

– Pedro, algum dia você largaria a Lúcia para ficar comigo? – Não pude segurar.

Ele não se espantou. Me olhou sério e doce, como era bem o seu jeito.

– Eu amo muito você, Tê – respondeu com calma – Talvez você tenha sido a única mulher que amei na minha vida. Mas tenho de ser honesto: não largaria a Lúcia para viver com você. Não por causa dela, por causa da memória política do meu padrinho, da imagem que tenho de carregar, de tudo o que represento num contexto muito maior que a minha simples pessoa e que não me deixa livre nem sequer para ser feliz, como eu sei que poderia ser vivendo com você.

Engoli a última colherada do suflê, que me pareceu insuportavelmente gelada e amarga.

– Quanto tempo mais você acha que vou aguentar? – perguntei devagar, a cabeça baixa.

– Não sei. Não tenho o direito de me apropriar da sua vida. Você é jovem demais. No dia em que você quiser me deixar, compreenderei. Enquanto estiver comigo, quero viver o mais plenamente possível tudo o que este amor puder nos dar, porque sei que é um momento singular na minha vida, e que é deste momento que me sustentarei quando envelhecer. Não posso pedir nada mais além do que você queira me dar, e possa me dar. Não posso esperar que você aceite sofrer por mim inutilmente. Me ame enquanto você puder me amar, sem se magoar.

Naquela madrugada, nos amamos com cuidado especial, com um vagar de quem está saboreando os últimos pedaços do seu doce predileto. Era inevitável, acho, esta sensação.

PEDRO PAULO

Eu e um pequeno grupo de amigos mais próximos tentávamos, ansiosos, acompanhar de longe e com a imaginação o que estaria sendo a cesariana de minha cunhada. O nascimento do bebê tão esperado, filho do meu único irmão. Quando o telefone tocou, pulamos todos de uma vez só, e a voz do papai anunciou: é um menino! Pedro Paulo! Foi tudo bem.

Chorando de alegria e de desespero por não ter podido presenciar aquela chegada, pulamos e nos abraçamos como se fosse carnaval. Para comemorar, abrimos uma garrafa de champanhe e ficamos tentando imaginar como ele seria, prevendo as melhores coisas para o seu futuro. Era uma vida nova, tão importante naquele momento. Eu estava feliz pelo meu irmão, que tanto queria filhos, e que tanto esperava por um menino. Enquanto todos tagarelavam excitados pela alegria e disfarçavam a tristeza da saudade apertada, fui para o quarto e escrevi uma carta para o meu sobrinho e afilhado:

Blessed in green, he was born.
Pleno de bênçãos, ele nasceu.

Pois é, Pedro Paulo, você chegou. Eu, que te quis tanto, não tô aí para te receber.

Tem nada não. Te escrevo com a minha letra mesmo, que eu sei que você vai entender.

Te escrevo porque há de dizer a você tudo o que você significa, tudo o que é você chegar.

Em primeiro lugar, precisa saber que você é fruto do amor.

Você, Pedro Paulo, não é um acaso, nem é um gesto inconsequente. Você é o brotar consequente de um amor dos mais bonitos. De um amor que andou por duros caminhos até chegar a você. Você, Pedro Paulo, é a recompensa, é a afirmação, é a fusão que se abre para receber a vida e se multiplicar.

Você foi muito desejado. Você é o preencher de uma solidão de infância que teu pai nunca confessou, você é a beleza maior dos gestos de que só a fibra de tua mãe é capaz. Orgulhe-se disto.

Você, Pedro Paulo, significa muito para todos nós. Talvez ninguém nesta família receba uma dose de amor como você vai receber. É que você não é somente uma nova pessoa.

Você, Pedro Paulo, é a alegria. E a alegria é o presente mais raro.

Você chegou num momento de cansaço e de desgaste.

Você chegou quando as emoções existentes estavam esgotadas.

Você é, para nós, uma nova lição de amar: é o nosso caminho de reviver.

Você, Pedro Paulo, é o gesto de liberdade, o maior, o único, o único possível.

Neste momento em que eles pensavam que tinham nos destruído, que a repressão total tinha esmagado as nossas veias mais íntimas, você aconteceu como uma explosão, um grito de continuidade.

Não a esperança, a afirmação concreta palpável da vida e da fé. Mas a certeza.

Você, Pedro Paulo, é aquele que consegue me fazer chorar.

Não apenas porque me machuca não estar aí com você. É *mais pela beleza e pelo alívio de saber que a minha vida vai se prolongar em você, e que todas as dores que me doeram foram picadas abertas para o teu caminho ser possível e pleno.*

É pena, Pedro Paulo, que eu não possa estar aí *pra te ensinar uns segredos que eu sei sobre a vida. Para contar como é que a gente faz pra se tornar cada vez mais humano e gostar cada vez mais de si, quando sofre. Como é que a gente dribla o que parece nos destruir, e cresce cada vez mais forte e mais bonito?*

Blessed in green, you were born.

Você vai ser um menino abençoado, profundamente abençoado. Você vai ter a textura de madrugada e a maciez de Vivaldi ou João Gilberto ao fim da tarde.

Um dia você vai saber que nasceu porque existiu um homem chamado Guevara, e eles conseguiram matar o corpo dele, mas não apagaram o seu olhar. O segredo dele era, e é, a certeza de que você, Pedro Paulo, como outras crianças, viria para prosseguir a vida pela qual ele tanto lutou. Se um dia te contarem que este homem foi apenas um político, não acredite: ele foi muito mais, foi gente e foi fé.

Como você vai ser. Como você vai ser, eu sei, porque traz na testa a marca dos escolhidos. Dos que não foram feitos para vivências medíocres, para nada de pequeno, nem dor, nem alegria.

Mesmo antes de nascer, você tinha razões maiores do que o comum das coisas para existir.

Você, Pedro Paulo, vai me prometer ser sempre humilde. Ser sempre agradecido por cada coisa boa que receber. Nunca perder a certeza de que você pode tudo o que quiser. E nunca dar a chance de deixar de gostar de você mesmo, de poder se orgulhar de si.

Você, Pedro Paulo, vai me prometer, porque eu não estarei aí para te dar estas coisas, amar tudo que é simples e aprender que o valor de cada momento está em vivê-lo como ele é, mesmo que não seja o que você gostaria. Porque só se entregando totalmente à vida é que você vai ser feliz e profundamente humano.

Outra coisa, Pedro Paulo: não tenha medo da tristeza, da solidão, ou dos seus medos. A tristeza é uma boa amiga. Ela funciona como um sol de inverno, e se você se deixar envolver quando ela estiver te rondando, vai ficar sabendo que ela te abrigará com carinho. A solidão, Pedro Paulo, é a sua chance de se possuir totalmente para poder se dar com perfeição. Só o encontro cara a cara com ela, encontro longo e árduo, vai te possibilitar chegar à plenitude da tua essência.

Quanto aos teus medos, só estarão postos para você se você se atirar de cara contra eles. Os teus medos e a tua capacidade de enfrentá-los vão te dar a medida de você mesmo. Cada vez que você se jogar contra um deles, depois que o atravessar, vai ver que eles não passavam *de uma parede de papel.*

Tem mais: se você quiser ser gente de fato, não se deixe nunca levar pelas coisas fáceis, nem arranje desculpas para si. *Aprenda o fundamental: quando você quiser saber se alguma coisa está certa ou errada, não pergunte a ninguém, pergunte só a você.* É assim que *você vai saber, só assim, com a certeza plena de que está sendo você a responder. Só assim você vai ter a confiança de continuar, quando tudo parecer estar dando errado. Você vai ter a certeza de que atravessará os escuros e as adversidades, porque, sendo autêntico, nunca se perderá de si mesmo.*

Outra coisa que eu gostaria de te ensinar ao longo dos teus anos, do teu crescimento que não verei. Não tenha medo de amar. De se entregar. Nem tampouco tenha medo de odiar. O importante é que em ambos os casos você nunca se deixe destruir. E que em ambos os casos você saiba sempre o momento de perdoar para não deixar suas emoções darem uma rasteira em você mesmo.

Me desculpe, querido, por esta carta tão didática. Não pretendo te ensinar a vida, que eu sei que você vai saber viver de verdade.

Estas coisas todas que estou te dizendo, na verdade, não são para ser ditas. São para ser absorvidas devagar por você na convivência que não nos é permitida.

São as coisas que eu aprendi e que me ajudaram a viver. E pode ser que algum dia sejam úteis para você.

Há ainda umas poucas coisas que eu queria dizer: nunca tente sair de um problema. Entre nele e o destrinche. Não tenha pena de ninguém. A pena só faz doer em quem a tem. Preste muita atenção na vida. Em cada segundo que passar por você, porque a felicidade não avisa o momento de chegar e você pode perdê-la por descuido.

Apesar das tuas decepções, você vai saber também que a grande e constante recompensa da vida são as pessoas. Seja nice para merecê-las. Seja nice para receber seu afeto. Não desacredite nunca do ser humano.

No mais, Pedro Paulo, agradeço por ter chegado agora, neste momento de cansaço. A distância e tempo não desligam as pessoas. Não vou ver o teu primeiro riso, mas vou sen*tir quando ele acontecer, vou acompanhar cada momento teu.*

Tudo o que eu disse talvez não tenha realmente importância. Há algo que você tem de cumprir, por*que para isto nasceu: para ser verdadeiro. Para ser livre, ainda que dentro de você.*

Quando terminei de escrever, fiquei me perguntando se aquela era uma carta para receber meu afilhado ou para me despedir de mim mesma, de alguma coisa que eu fora até ali.

OS DOMINICANOS

Domingo em Londres é bom. Não tem aquele jeito de nada. Nem de tédio. Nem de frustração. De espera não vingada.

Pensando no domingo londrino, eu descia na maior tranquilidade, do 159, para almoçar na casa de Mariquita. Mariquita é uma pessoa absolutamente maravilhosa. A família toda é. São primos de Ivo. Me acolheram como parte da família, desde meu primeiro telefonema. Eu os amo muito, e aqueles almoços de domingo, parte da rotina, eram imensamente gratificantes para mim. Pareciam Minas Gerais ou as fazendas no interior do Rio Grande do Norte, o jeitão alegre, afetuoso, a simpatia com que os Annis recebiam as pessoas em sua casa e no seu coração. A casa inacreditavelmente decorada em vermelho e negro era sempre aberta aos forasteiros. O menu, eu sabia de cor: naquele dia deveria ser carne assada no grill da cozinha mínima e legumes na manteiga.

Só que naquele domingo em tudo havia um molho extra de aflição: os meninos, nossos amigos frades, Ivo, Betto e Fernando, estavam em greve de fome há dias. A gente deveria ter notícias do Brasil a qualquer momento. Assim que abri a porta, Mariquita falou:

– Acabei de receber um telefonema do Brasil. Eles foram transferidos para o Mato Grosso.

– Como Mato Grosso? Que me conste, lá não tem presídio político.

– Pois é, eles foram para um presidio comum.

– Em Mato Grosso?

– É.

– Muito estranho, muito estranho. Posso dar uns telefonemas?

Liguei para alguns amigos, e a informação estava chegando de várias fontes: a repressão estava puta da vida com a greve de fome deles. Haviam transferido os meninos para o fim do mundo, para que acabasse o escândalo do momento e ninguém se lembrasse mais da greve. Se eles sobrevivessem, seriam mortos.

Armamos imediatamente um esquema: formar uma comissão com o Prior dos dominicanos em Londres, dois deputados e mais duas pessoas influentes, para cobrar um relatório mensal do governo brasileiro, via o embaixador, a respeito de Ivo, Betto e Fernando, até que eles fossem soltos. Uma comissão permanente, para sabermos em que condições estavam. A sorte nossa é que o embaixador era um sujeito decente.

Liguei imediatamente para Paulo Freire, que fez contato com o Vaticano, e providenciou para que fosse acelerada a publicação das cartas da prisão, escritas por Betto, no maior número possível de países europeus.

Todo mundo se articulando. De Paris, o pessoal começou a se mexer para que eles fossem adotados pela Anistia Internacional. Os filhos da Mariquita começaram a articular com amigos da televisão a feitura de um documentário contando a verdade sobre a Operação Batina Branca, inventada pelo torturador Fleury para matar Carlos Marighella e desmoralizar os dominicanos diante da opinião pública brasileira.

Da suíça, acionamos um esquema permanente de distribuição de notícias sobre eles, não só para os jornais de outros países, como para as universidades. Não podíamos deixar a peteca cair. Quando começamos aquele movimento todo, não imaginávamos que seriam nove meses de trabalho ininterrupto, tenso e brutal, sobressaltos com a possibilidade de que a repressão sumisse com eles sem aviso prévio.

Até que, aliviados e felizes, soubemos que eles haviam sido libertados. Foi uma das maiores mobilizações do exílio em torno de algum acontecimento ou de alguém. De Mariquita ao Vaticano, todo mundo se mexeu. No final, valeu a pena.

O duro mesmo era avaliar até que ponto a divulgação do caso poderia ser prejudicial ou ajudar. Muitas vezes a gente quebrava o pau na hora de soltar alguma notícia ou traduzir algum material para ser usado como informação no documentário. Era uma coisa que às vezes parecia muito louca, tentativa desesperada, desde a Europa, de fazer qualquer coisa para manter vivos três frades metidos num presídio qualquer no fundo de Mato Grosso, lugar que parecia tão inalcançável quanto uma mentira cruel ou um pesadelo. Era alguma coisa assim, como estabelecer uma ligação interurbana entre o céu e o inferno, passando por todos os purgatórios. Mas valeu. Sempre valeria a pena batalhar pelos companheiros.

Naquele domingo, voltei para casa com a cabeça fervendo, o coração espremido, mil contatos a fazer, tarefas inadiáveis e urgentes para cumprir.

Quando abri a porta, lá estava André, no sofá.

– André! Que bom te ver! Como é que você conseguiu entrar em Londres?

– Suspenderam a tal proibição. Parece que era só uma coisa momentânea, para satisfazer o governo brasileiro, porque tinha uma transação econômica qualquer pendente. Agora tudo bem: posso ir e vir quando quiser.

– Que bom! Puxa vida. Que bom mesmo!

Nos abraçamos com saudade.

– Que é que você veio fazer aqui? Só uma visita ou alguma coisa especial?

– Claro, vim te ver. Também vim tratar com o pessoal da Anistia a adoção imediata dos meninos.

Todo mundo se referia assim, na intimidade, aos três frades que simbolizavam tanto da nossa luta.

– Ótimo. Acho que vamos ter muito trabalho pela frente com esta história. Tomara que Deus goste mesmo muito deles, porque acho que vão precisar de uma mãozinha extraterrena. Vamos dar uma conversada e ver o que podemos fazer de concreto por eles, tá legal? Deixa eu tomar um banho primeiro. Volto já.

Entre vinhos, queijos e patês, que pareciam tão absurdos diante do sofrimento dos companheiros, eu e André conversamos longamente sobre a política geral. Nos preocupava também a situação do pessoal que estava no Chile, onde o panorama parecia meio ameaçador e a grande quantidade de brasileiros exilados, sem os mesmos recursos que nós, na Europa, estava começando a ter problemas diversos. André me disse que pretendia ir logo lá, ver o que podia fazer para ajudar, pelo menos, os amigos mais chegados. Ia e voltava logo.

Depois do papo, resolvemos assistir a um concerto de jazz. Duke Ellington, especialmente para André e Teresa. Sempre emocionante ver ao vivo essa gente que, no Brasil, fertilizava nossas vivências através de discos. Voltamos a pé, paramos para tomar um café sofrível no Wimpy, aquela lanchonete horrorosa, das poucas em Londres que ficava aberta a noite inteira.

No meio do papo, entre goles de café aguado, sobre aquela sensação meio culpada de ter tempo para curtir a vida nas horas vagas, apesar de tudo. De estar na Europa, apesar de tudo, André me perguntou:

– E Pepe, como é que vai?

– Tudo bem.

– Bem mesmo, Tê? Não tô te achando muito animada. Você não falou nele nem uma vez ainda. Que é que há?

– Não adianta mesmo esconder de você. As coisas não vão lá muito bem. Andei pensando no que você me disse. Cada vez parece mais difícil manter este relacionamento. É uma coisa meio sem saída, sabe? Também ele tem consciência. Tenho a impressão de que vai acabar assim, puf!, do jeito que começou, de repente.

– Isso te deixa triste?

– Deixa, é claro.

– Por que, você o ama?

– Não sei, sabe, André? Pra te ser sincera, não sei.

– Se você não o ama, então, o que é?

– Não sei exatamente. Não sei se o amo ou não. Nas últimas vezes, quer dizer, há algum tempo, venho pensando que, na verdade, apesar do quanto goste dele, nosso envolvimento tem muito mais a ver com a solidão que eu senti logo que cheguei. Com uma nostalgia de coisas que nunca vivi, não sei bem. De certo modo, quando estou com ele, me sinto no Brasil, dá pra você entender? Tem também todo o peso de ele ser quem é, da imagem dele, que estou começando a achar que me impressionou também. Por outro lado, fico pensando também que estou só arranjando desculpas pra conseguir me separar dele. Talvez eu ame o Pepe de verdade. É difícil me entender neste momento. Tô muito confusa, para ser sincera. É claro que esta relação em que a gente se encontra assim, de três em três meses, não me satisfaz, ainda mais porque eu nunca posso procurar por ele, mesmo quando estou precisando muito. Fico sempre na espera. É uma merda ser a outra, não é? O pior é que toda vez que a coisa começa a crescer, que o envolvimento vai se aprofundando, pimba! Lá vai ele de volta pro Uruguai, e aí não dá. Você tinha razão, André: é muito difícil sustentar uma relação nestas condições. Foda é que ele é um puta cara. Um homem como poucos. Fico pensando como é que aquela idiota da Lúcia não faz ideia do cara que tem nas mãos e o vem perdendo a cada dia, há anos. Talvez eu nunca mais encontre um homem como ele. Pepe é assim: forte, bonito por dentro, um cara puro até. Sei lá, André. Não sei o que eu vou fazer da minha vida não.

André brincava com meus dedos, atento ao que eu dizia, e com um ar preocupado.

– Não quero te ver sofrer não, neguinha. Pelo menos, não por amor.

– Ora, André, que besteira! Dos sofrimentos, o menor. Depois de tudo que a gente passou, sofrer por amor fica até parecendo ridículo, não acha?

– Não acho não. Acho que você tá tentando diminuir um troço que é sério pra caralho. Na tua vida e na de qualquer pessoa. Imagino que essa cabecinha deva estar numa puta confusão, principalmente por ele ser quem é, politicamente. Acertei?

– Acertou. Pra variar.

– Olha, neguinha, não esquenta a cabeça não. Deixa um pouco pra lá. Dá um tempo que as coisas vão acabar acontecendo naturalmente, tá legal? Se você gosta dele, vai ficando. Se não for amor de verdade, não vai resistir muito mais tempo. Concorda comigo?

– É, acho que você tem razão. Vambora? Tô um pouco cansada hoje.

– Claro, deixa eu pedir a conta. Amanhã a gente tem mesmo muita coisa pra fazer.

Nesta noite, eu e André dormimos abraçados. Como dois mendigos que se querem debaixo de uma ponte sem futuro. Ou como dois adolescentes que se esquecem numa praia. O abraço de André era quente e se amoldava ao meu corpo em cada menor detalhe. Como se minhas curvas fossem o encaixe para os músculos dele, duas metades de uma mesma escultura. Eu estava precisando com desespero sentir aquele cheiro de macho nas minhas narinas e nos meus pulmões. No meio da noite, acordei André, e pedi: dorme em cima de mim. Quero sentir teu peso de homem. E ele, sonolento, cobriu e envolveu a minha solidão. Não ousei ser fêmea.

CHILE

O sol do outono vazou pelas cortinas amarelas e se multiplicou no quarto, despertando nosso sono ainda abrigado no abraço morno. Sorrimos um para o outro e ficamos assim durante um tempo, olhos abertos, corpos enlaçados, um sentindo o outro, sem dizer nada. O ruído do carteiro me acordou finalmente, e saí devagar dos braços de André. Enquanto ele fazia o café, fui buscar a correspondência na caixa.

– Carta do Chile. Da Marta.

– Lê alto pra mim, lê?

Tê, companheira querida,

O exílio tem sido uma experiência dura e tem me ensinado muitas coisas de mim.

A primeira e mais importante é a constatação de que só há um sentido para a minha vida: a revolução. De fato, aqui eu teria todas as condições de reconstruir projetos de realização profissional e amizades duradouras. Como você bem diz, aqui se respira, e mesmo que não respirasse o povo daqui, respiro eu, que sou estrangeira. Por mais próxima que esteja, a revolução deles nunca vai ser a nossa, e eu posso mesmo respirar livremente neste outro país. E, no entanto, veja você, não quero. Simplesmente, caí em mim de que meu tempo de prisão, mais alguma prática anterior, me ligaram estreitamente, um pouco, e o suficiente, aos meus companheiros que combatem por e com o meu povo, e de que meu lugar é lá, com eles. Aprendi também o quanto me falta para poder cumprir este papel, o papel de qualquer combatente de qualquer nível, que luta na clandestinidade. O quanto tenho que me preparar. Sigo em frente.

Está sendo duro, pelo isolamento que um exílio significa, e pelas poucas condições de cumprir esta preparação. É o isolamento do meu povo e as poucas condições de estar ligada a ele no que de fato me ligaria, entende? É a solidão dos amigos, das notícias dos amigos. A nostalgia do nosso ar, da nossa cor, do nosso cheiro.

Está sendo violento, agora, receber as notícias de gente que some entre o avião e o prédio do aeroporto, entrando ou saindo do Brasil, assim como as notícias, confirma?, do pessoal que está sendo seguido, e até sequestrado, e interrogado pelos agentes da repressão brasileira instalada em Paris. Que loucura total.

A tudo isso acrescem as próprias condições do país em que estou, um país que vive muito de si, se isola quase que por completo do mundo. Para ter uma ideia, é preciso comprar jornais do Brasil ou da Argentina para saber o que se passa no mundo.

Aqui, existe uma vantagem muito grande pra mim, no momento: convivo com companheiros que estão ao meu lado, com quem troco experiências, discuto, aprendo, e que me ajudam, nos ajudamos mutuamente. Isso diminui um pouco essa solidão tremenda.

Tê, querida, sei agora com certeza que você está aí na terra do fog, e quero muito saber de você, gostaria de saber se tá menos angustiada. Escreve logo para mim. Manda notícias do nosso pessoal que tá por essas bandas. Penso em passar algum tempo aí, algum dia. Será bom te rever. Ou será que você vem por estes lados?

Um beijão enorme, saudoso, companheira.

Mastigando a torrada e as lembranças das ações que eu e Marta fazíamos juntas, jovens, cheias de medo e de ódio, num tempo não muito distante, num país que parecia cada vez mais absurdamente tropical e inatingível, perguntei a André:

– Quando é que você vai ao Chile?

– Semana que vem, no começo da semana.

– E?

– E aí vou ver como é possível ajudar os companheiros mais necessitados e mais próximos da gente. Parece que tem muita gente perdida, sem dinheiro, sem trabalho e sem perspectiva. A maioria do pessoal lá é de estudantes. Não é bem como aqui, que muita gente pode contar com a ajuda da família. A barra de emprego lá é muito pior. Além disso, deve estar sendo foda pra eles isso de estar ao lado do Brasil, vivendo num clima de América Latina, tomando consciência de que o Chile não vai ser nunca como lá, e que a revolução deles, como a vida deles, não é a nossa. Sinceramente, prefiro estar aqui, onde é tudo nitidamente diferente e distante.

– Você volta logo?

– Assim que puder. Tenho conferências a fazer na Holanda e na Suécia. Vou ficar só o tempo necessário para sentir a situação e ver qual a melhor maneira de encaminhar os problemas que possam ser resolvidos pelas organizações, como a Anistia, ou pelos exilados com boas ligações.

– André...

– Que é?

– Promete pra mim que você vai tomar cuidado?

– Prometo. Chega de porrada. Agora eu vou andando. Se eu não te encontrar antes de ir, me espere, que assim que eu chegar devo vir pra cá, antes mesmo de passar por Paris, ok?

– Vou te esperar. Se cuida.

Quando André saiu, fui ouvir Moustaki: *"...viens, je suis là/ je n'attends que toi/ Tout est possible, tout est permis..."*

BAIXARIAS

Nove e meia da manhã, quando o banco abriu, Bia se dirigiu ao primeiro guichê e retirou quatrocentos e cinquenta das quinhentas libras com que havia aberto sua conta na semana anterior.

Uma da tarde, quando o funcionário deste primeiro guichê saiu para o almoço, Bia voltou ao banco, se dirigiu a outro guichê e pediu para que verificassem quanto tinha em sua conta.

Como a baixa dos cheques do dia só era dada no controle central, depois das três e meia, quando o expediente para o público fechava, o funcionário informou que havia 500 libras. Bia retirou novamente 450.

Ao sair do banco, foi presa. O consulado fora informado, e a polícia inglesa aguardava as providências para que Bia fosse repatriada ou expulsa da Inglaterra.

Eu soube da história entre as reuniões daquela noite, na sede da Anistia. Fiquei com pena de Bia. Ela, como muitos ingênuos, havia caído na manipulação de uma verdadeira quadrilha que, não contente em roubar lojas e supermercados, passara a articular golpes mais ousados, com os quais alguns conseguiam mesmo ganhar um bom dinheiro. Usavam gente como Bia, que tinha perdido a noção das coisas por causa do uso excessivo de drogas ou, então, os recém-chegados que queriam contestar os pais e embarcavam na conversa de que, aplicando estes golpes, não precisariam depender do dinheiro da família.

Partilhando sanduíches, esperanças e chás com leite, sentados no chão, com um monte de papéis para organizar, nós estávamos contentes com aquela reunião: estava sendo distribuída a mais recente lista dos adotados brasileiros, que incluía os nomes de Ivo, Betto e Fernando.

Ficamos sabendo também que o embaixador, de boa vontade, cumpria o compromisso de dar o relatório mensal sobre os meninos à comissão que tínhamos organizado. Também, pudera: há semanas que, diariamente, num processo engraçado e eficaz de torrar a paciência, um grupo de menos de dez pessoas se postava silenciosamente à porta da embaixada brasileira e ficava durante todo o expediente segurando faixas que cobravam uma série de coisas da ditadura.

A gente rolou de rir quando um desses manifestantes nos contou o ataque que o nosso impoluto adido cultural tivera, gritando, esbaforido, palavrões em português, batendo o pé e fazendo ameaças até de prisão, numa incontrolável explosão de raiva. Ao que os companheiros ingleses receberam com a mais fleumática impassibilidade, atitude que só piorou o ataque histérico cujo fim ninguém sabe qual foi, pois o resto do pessoal da embaixada, envergonhado, carregou para dentro o senhor enraivecido, que mais parecia um gnomo.

ALLENDE

This is our nine o'clock News.

Eu achava simpático o locutor da televisão anunciando o noticiário das nove horas da noite. Começava sempre do mesmo jeito, e eu tinha aprendido que a primeira notícia da noite, invariavelmente, era sobre a guerra da Irlanda. Com a caneca de café na mão, sentei no sofá e esperei a frase seguinte ao cumprimento inicial: Today in Belfast. Sim, hoje, em Belfast, a guerra continua.

De repente, qual não foi minha surpresa ao ouvir, em lugar do habitual e impassível Hoje em Belfast, um quase emocionado "Hoje, em Santiago do Chile, foi deposto o presidente Salvador Allende. A situação é caótica. O presidente deposto resiste no Palácio de La Moneda, sede do governo".

André! Meu Deus. André está lá! Marta, Solange, Zé Maria, Marijane, meu Deus. Quanta gente tá lá!

Tentei prestar atenção aos detalhes da notícia, mas a cabeça parecia que ia sair do lugar. Fiquei alucinada, mesmo porque só se sabia de notícias confusas, sem detalhes precisos, muitas mortes, muito sangue, gente assassinada indistintamente por todo lado.

Eu precisava sair do lugar.

Precisava saber, precisava encontrar alguém que pudesse me dar notícias mais claras, precisava telefonar para alguém, quem, meu Deus, quem? Como é que foi acontecer logo agora? Por que, meu Deus? Não chega tudo que a gente passou? Logo o Chile, meu Deus, logo o Chile, que era a nossa esperança?

Os pensamentos se atropelavam na minha cabeça inteiramente aturdida, quando ouvi o telefone, distante como o grito de socorro de um suicida.

– Alô? Alô?

– Sou eu, Pepe.

– Ai, Pepe, ainda bem!

– Você ouviu as notícias do Chile?

– Acabei de ouvir na televisão. Nada de preciso. Que tá havendo? Você sabe de alguma coisa mais certa? É verdade? E o pessoal nosso que tá lá, Pepe, cadê eles?

– O Allende foi deposto. As notícias ainda estão confusas. Alguns dizem que ele se suicidou. Outros dizem que está resistindo no Palácio, diz que de lá só sai morto. Tem muita gente morrendo, e as comunicações praticamente estão cortadas. Ao certo, o que se sabe é que as ruas viraram verdadeiros campos de guerra. Não temos nenhuma notícia precisa sobre as pessoas conhecidas. Nem mesmo sobre o golpe ou o que exatamente está havendo.

– Pepe, pelo amor de Deus, o que é que a gente vai fazer agora? Tem tanta gente nossa lá, Pepe, tanta gente nossa.

– Eu sei. Fique calma. Eu estou telefonando exatamente para dizer que você não se preocupe. Aqui, estamos mais perto. Vamos tentar fazer o possível para saber das coisas e entrar em contato com os brasileiros que estão lá. Fica calma aí. Vou dando notícias assim que for recebendo, tá legal?

– Pepe, eu quero ir praí.

– Põe a cabeça no lugar. Não vai adiantar coisa nenhuma você se mandar pro Uruguai nessa altura dos acontecimentos, não acha?

– Pedro, não posso ficar parada aqui feito uma idiota enquanto os meus amigos estão morrendo e sumindo outra vez, porra! Você não entende?

– Calma. Põe a cabeça no lugar. Vê se acha alguém pra te fazer companhia. Fique tranquila que eu vou telefonando à medida que for sabendo das coisas, tá legal?

– Pepe, escuta aqui: André está lá. Vê se você consegue descobrir onde é que ele tá, como é que ele está, tá me ouvindo? O André também está lá!

– André? André tá no Chile?

– Tá. Ele tinha ido visitar o pessoal, ia voltar amanhã. Por favor, Pepe, vê se você consegue localizar ele o mais rápido possível, tá bem?

– Claro. Pode deixar que eu vou tentar. Um beijo.

Esta seria a primeira de muitas noites de angústia. Liguei imediatamente para o repórter de plantão na UPI, e fiquei a madrugada inteira entre as notícias confusas que chegavam pelo telex e os telefonemas também sem muitas notícias do Pedro.

Acho que este foi o pior dos pesadelos. Minha impotência me irritava até o máximo da raiva, e eu tinha vontade de gritar, de chorar e de quebrar tudo. Era absurdo demais, cruel demais, estupido demais! Tanta gente lá, meu Deus, e ainda mais o André.

Ô, André, por que é que você tinha que estar lá logo agora?

Foram dias e dias de ansiedade e desespero, notícias desencontradas, aflição curtida entre amigos com o ouvido colado no rádio ou na televisão, esperando algum telefonema ou telegrama que nos dissesse do destino daqueles que amávamos. Todo mundo estava o tempo todo desperto e arrasado. Nós todos impossibilitados de fazer qualquer coisa. As notícias que chegavam eram só de mortos, mortos, mortos. Uma quantidade absurda de mortos, mortos e assassinados das maneiras mais cruéis. Entre eles, muitos brasileiros. As pessoas se perdendo, pais perdendo filhos. Maridos e mulheres se separando, na balburdia da fuga. Muitos se perderam entre os tiroteios para nunca mais se encontrarem. Que loucura, meu Deus. Que loucura insuportável, excessiva. Não havia mais forças para suportar. O governo brasileiro ignorava solenemente os pedidos de ajuda para salvar nossos exilados.

Dez dias depois, Pepe chegou a Londres. Fui buscá-lo no aeroporto.

– Alguma notícia do André? – perguntei, angustiada.

– Parece que conseguiu fugir.

– Parece? Você não tem certeza?

Pepe me segurou com força.

– Ninguém, tem certeza de nada, Teresa. Não adianta você ficar assim. A gente vai ter que esperar um pouco até acalmar essa confusão toda. Vim pra ficar com você até as coisas se acalmarem. Deixei todo mundo articulado para passar imediatamente qualquer notícia mais concreta, está certo? Agora me dê um beijo, vamos.

– Claro, Pepe, desculpe. É que estou muito aflita. Principalmente por causa do André. Ele é como um irmão para mim.

– Só isso, Tê? Como um irmão? Tem certeza?

Olhei surpresa para o olhar firme e triste de Pedro. Não tive convicção para dar outra resposta.

O ADEUS

Pepe ficou poucos dias comigo. Mesmo porque não adiantava nada: ele poderia ser mais útil lá, ajudando o pessoal que conseguia ir escapando do Chile a encontrar um abrigo seguro.

As semanas e depois os meses que se seguiram foram de um total vazio para mim. Dia após dia, eu tentava juntar meus cacos e tinha cada vez menos forças para isso. Só me animava um pouco quando ouvia a notícia de que algum amigo estava em lugar certo e sabido. O inverno começava a se adensar inexoravelmente dentro de mim.

Foi quando procurei o dr. Brafman para fazer análise, porque eu não podia mais suportar a mim mesma. Ele foi o braço lúcido que segurou minha cabeça e minha vida. Aquele inverno, como todos os outros, como muitos dali pra frente, se prenunciava difícil de atravessar. Não havia possibilidade de voltar no tempo e nem era possível viver dependente de uma esperança de primavera que parecia, naquele momento, demasiadamente vaga e distante.

Pepe voltou bem perto do Natal. Fora fazer seu check up na França, e eu fui encontrá-lo no hotelzinho de sempre. Trazia notícias mais precisas. Eu estava um pouco menos abalada, mas ainda sem reagir e retomar a vida. Me sentia incapaz de fazer funcionar qualquer pedaço de mim, embora tivesse certeza de que não queria mais morrer.

Encontrar Pepe foi como rever um amigo querido, um primo mais velho ou coisa assim. Fomos visitar o Marcito e o encontramos deprimido, afundado no sofá da casa elegante onde morava. Quando demos a goiabada que Pepe trouxera, ele apenas olhou para fora da janela e disse:

– Esse cinza de novo, parece uma tampa pesada na cabeça da gente, parece que não vai terminar nunca. Quantos invernos será que eu ainda vou aguentar? – Depois se levantou e, enquanto contava do livro que estava escrevendo, cozinhou para nós o mesmo macarrão de sempre. Uma delícia sem sabor algum para nós, naquele momento. Havia certas ocasiões em que o fato de estarmos juntos, alguns de nós, sobreviventes, exilados, vivos, não servia de consolo algum, pelo contrário, só nos afundava mais na depressão e na apatia.

Na volta para o hotel, dentro do metrô, Pepe me confirmou que André estava na Argentina. Como muitos outros companheiros, numa situação imbecil: sem poder sequer sair dos lugares que os abrigavam, esperavam estupidamente, como se fossem gado em vez de gente, que algum país amigo se dignasse a conceder um salvo conduto, estender a mão que os tiraria da prisão com sabor de tango, e daria novamente a oportunidade de tentar a vida, a sorte e a morte. Esta situação se arrastava há tempos, e nada mais nos parecia possível ou impossível. O absurdo era total, não havia critério algum de realidade. O governo brasileiro continuava a ignorar a situação.

Pepe ajudara a quantos pudera, e eu o estimava mais ainda por sua atenção. Mas não era o suficiente para me sentir vivendo. Durante os três dias que passamos juntos em Paris, conversamos bastante, como velhos amigos, como antigos amantes que se reencontram por acaso.

Na véspera de sua partida, passei a noite inteira sentada na cama, abraçada ao meu próprio joelho, vendo-o cochilar e acordar, sentindo suas carícias sonolentas e eventuais. Eu me despedia. Nós sabíamos.

No destoante burburinho do aeroporto de Orly, no alto de uma escada rolante qualquer, Pedro me abraçou, os olhos segurando as lágrimas com toda a fibra que só ele mesmo poderia ostentar naquela hora. Me larguei no seu abraço com a fraqueza e o desespero manso que ainda me restavam, incapaz de dizer uma palavra.

– Não se preocupe, Tê. Se eu tiver alguma novidade, telefono pra você, tá legal? Pode ficar sossegada.

As lágrimas corriam mudas no rosto que eu não conseguia levantar. Quando finalmente consegui olhar para ele, tentei juntar no olhar toda a luminosidade de que ainda me sentia capaz, mas ela era pouca demais.

– Obrigada, Pepe. Por toda a vida que você me deu.

O homem forte, vaqueiro altivo e humilde, ainda jovem e envelhecido, chorava sem vergonha alguma a dor do seu amor que se acabava. Que jamais se acabaria dentro dele, por mais que suasse suas memórias amargas nos galopes pelos pampas. Sua dignidade era impecável, brilhava entre as lágrimas.

– Vou tentar tirar o André de lá, Tê. Se você precisar de mim, é só dizer. Eu quero, sempre quis, e agora mais do que nunca, que você seja feliz.

– Eu também, Pepe. Desculpe se não fui forte o suficiente pra você.

– Eu te amo, Tê. Eu te amo.

Nossas mãos se apertaram suadas, geladas, cansadas e sem esperança alguma. Com a força de quem sabe que se entregou até o limite máximo.

Depois que o avião partiu, peguei o ônibus até a estação dos Invalides, desci em pleno coração vibrante do Quartier, e fui até a Rue de La Harpe. Passei o resto da tarde e a noite inteira sentada no cantinho da porta de entrada do edifício mirrado onde ficava o apartamento de André, sem saber o que fazer, tentando me segurar entre o opaco total da minha cabeça e as lágrimas que não paravam nunca mais de nascer da minha alma. Eu não podia me esquecer, não podia esquecer, não podia me esquecer que na manhã seguinte teria que pegar um avião para Londres porque tinha hora marcada com o dr. Brafman, cinco e meia da tarde. As sessões com o dr. Brafman me pareciam ser a última das loucuras que eu me permitiria: uma loucura chamada esperança.

SEM SAÍDA

Carta da Soninha, emparedada no seu desespero, com os dentes rangendo de ódio:

O advogado segurou-a pelo pulso e falou num tom decisivo, pe-remp-tó-rio: "você não pode ir." Antes de calar, ele cuspiu um palavrão. Foi como se tivesse colocado pra fora toda a visão do absurdo que possuía e se acostumara. Recolheu-se ao espelho e pensou que 43 quilos era peso de quem havia perdido alguma grande batalha. O advogado do diabo. O mensageiro das realidades sem cores. Um homem sexy, cheio de retóricas. Naquele momento, exigia forças que ela tentava retirar, extrair e sugar de algum local não estagnado (é duro chegar a um ponto em que se tem medo de ficar entregue aos pensamentos).

Conhecera um menino novo que prometera um mergulho e um orgasmo (profissão tão traiçoeira, essa de jornalista. Não se pode ser jornalista sem pagar o preço de documentar a realidade. Não se pode ter acesso à realidade sem a dose certa de lucidez. A dose fatal, aquela que mata).

*Tinha uma amiga que estava longe, além, muito além do porto. A quem escrevia e tentava, nas entrelinhas, colocar a dimensão oficial do panorama. A amiga das entrelinhas (*há um momento, em qualquer tipo de relação, que não é *mais necessário explicar. Mas não convém exagerar). A amiga emagrecera muito, ultimamente, e reaparecera sorrindo numa foto colorida. Veja bem: sorrindo. Como aqueles presos de Mariana, sorrindo para além das grades do prédio colonial (deve ser por isso que a memória não é palpável, não é como o resto do corpo, do organismo humano. A memória parece* *que pesa uma tonelada, uma tonelada que a gente não enxerga, carrega).*

Tê, velha guerreira, as notícias chegam, as pessoas vão e eu continuo aqui. No começo, era fácil enxergar você, a euforia de saber de você trabalhando, de ter Pepe. Agora ficou difícil. Não consigo imaginar as coisas por aí, não consigo te enxergar, tamanha é a dimensão dos fatos colhidos e que chegam a mim sem o miolo puro da realidade. Simplesmente, não consigo ter a noção do que está sendo a tua vida em Londres, esse puto deslocamento, pessoas dentro da sua casa, você dentro da casa das pessoas. É como se, de repente, você caísse dentro de um turbilhão de situações não previstas, e as pessoas me contam, e eu te vejo diferente de como te veem e contam pra mim. Apesar de toda a problemática família--desemprego-deslocamento, Pepe é o aspecto verde-branco da tua vida. Não compreendo por que as pessoas falam de outras coisas e outros problemas como se o Pepe nem existisse. Ou talvez minha perspectiva esteja distorcida, talvez não se possa colocar tudo nos ombros de um homem. Alguma coisa me diz que você vai chegando a um porto, uma espécie de encontro definitivo. Não dá mais pra gente casar e ter um filho, mas a gente ainda pode casar e ter um filho. Se a gente pode e quer se estabelecer num afeto, a gente pode e quer ir até o fim. Confio em você. Confio em você desempregada, deslocada e tudo mais. Sinto como se estivesse à beira de um gesto de partida, alguma coisa não te deixando sair. Te vejo vitoriosa, mergulhando na permanência. É assim mesmo que se vence uma batalha. Por tudo o que você está vivendo, cheirando e sentindo, eu te saúdo.

A grande diferença entre a Europa e o Brasil, em geral, é que na Europa as estações são marcadas, definidas. Se a gente suporta o inverno é porque sabe, como você disse, que a primavera vai che-

gar, tem de chegar. E o cinza não deve assustar, porque há o verde para equilibrar. O problema é *que nem todo mundo se liga no verde, compreende o verde.*

Estive conversando longamente com um amigo numa mesa de bar e, no fim do papo, escutei a voz do John Lennon gritando the dream is over e eu senti que, durante todo esse tempo, vivi uma ilusão. O sonho acabou. Foi uma ilusão bonita, humana e sofrida, mas uma ilusão. Eu precisava conhecer o que é viver de ilusões para poder descobrir que elas são feitas para a gente ter as coisas belas. O que não posso é continuar vivendo em função de uma partida que não depende de mim, não depende do meu amor pelo verde e pelas pessoas, não depende do sorriso da gente. Agora, posso afirmar que a ilusão, em certos casos, é um alimento potente, vigoroso. A ilusão pode sustentar as pessoas. Falo daquela mesma ilusão que a gente sente com a revolução, com a libertação total, com o encontro com a vida, o amor, o fazer e o sentir tudo, tudo outra vez e de uma forma nova. Eu quero e preciso, Tê.

Por ouro lado, continuarei lutando até o fim. Até o fim de tudo, das dores, das esperanças e das possibilidades. Continuo querendo ir, chego a pensar em lançar um jornal com você, da gente pros amigos espalhados pelo mundo. A verdade pode estar em algum subway imundo, com a negritude do Harlem, nas profecias de Brother John, ou nas verdades do Eclesiastes de Salomão. Se der pra você me esperar, tamos aí, someday, who knows, chi lo sa.

Eu não mudei muito. Eu mudei toda. Gostaria de conversar com você porque a distância e o tempo, às vezes, atrapalham um pouco. A gente vai perdendo o fio da meada, arquivando sem querer arquivar, as coisas vão acontecendo, a gente se perdendo e querendo ver as pessoas pra constatar que são pessoas reais e *que existem mesmo na intensidade com que permaneceram na nossa cuca.*

No dia que eu falei com você pelo telefone, eu tava muito tensa, pensando mil coisas. Resolvi não reter aqueles troços que dão na garganta quando a gente sente as coisas com muita força. Não tenho condições ainda de dar um telefonema internacional porque, se der, eu vou chorar muito, então eu não dou.

Queria te dizer ainda muitas coisas, de como tem sido este verão, igual, inacreditavelmente igual, e eu vou fugir dele porque há certas coisas de que a gente tem obrigação de fugir. Vou fugir dele porque há certas coisas de que a gente tem obrigação de fugir pra elas não matarem a gente. Eu vou fugir pra Bahia, terra santa, e os ponteiros indicam que a corrida será de 300 km por hora, como quando a gente voltava de Ouro Preto no carro de vidros embaçados, e eu pretendo dar mais, estourar o velocímetro, se for preciso morrer pra conhecer o encanto da velocidade, vou morrer ouvindo o coro de aleluia e com o rosto sorrindo. O som do Big Ben ainda chega aos meus ouvidos. Longe, de leve, mas chega. Vou bordar uma almofada para a rainha e deixar nossos companheiros passarem pela fronteira porque McLuhan garantiu que o mundo é uma aldeia global, sem essa de fronteira.

Eu não tinha o que responder para a expectativa débil, ainda resistente de Soninha. Como explicar que naquele momento eu não conseguia entender nada além do cinza que me enrolava e me entorpecia os passos e as sensações, e que me soava como um tanto faz, fosse em Londres ou no Rio de janeiro, ou em qualquer outro lugar deste Planeta? Não havia espaço para nós, como não havia chão para nossas sementes, nem brecha para a felicidade. No entanto, eu não podia deixá-la sozinha em suas batalhas gigantescas. Era preciso dizer alguma coisa, qualquer coisa, qualquer eco que mantivesse a mentira de que não estávamos perdidos, nem sem futuro.

O NATAL

Aquele Natal ficaria para sempre apagado na memória. Foi um borrão na vida. A não ser por vagas impressões, tudo o que me lembraria dele, tempos depois, seria pelo relato de minha mãe.

Meus pais chegaram a Londres no dia 23, passariam o Natal comigo, o réveillon na festa do embaixador, e voltariam assim que o ano começasse.

A época do Natal era muito estranha e melancólica em Londres. Parecia que todo mundo desertava. A cidade ficava vazia. As escolas davam férias. Os que não viajavam, se escondiam em casa, do frio retalhador. Pessoas das mais diversas se reuniram no meu pequeno flat para a ceia. Mais do que por qualquer outro motivo, a solidão assustadora nos empurrava para as reuniões. No Brasil, somos acostumados à algazarra nos natais.

Mamãe, com seu inglês estropiado e o intuito de contribuir para a ceia, foi comprar uma galinha e acabou, por engano, trazendo um galo.

Pela lembrança dela, cearam conosco: Leonardo, amigo antigo e fiel, que tinha vindo para Londres logo depois de mim, dizendo que, com a minha partida, não tinha mais com quem conversar no Brasil. Marta, transeunte de Ipanema, que eu reencontrara num momento emocionante, no final do show do Caetano no Royal Albert Hall. Em soluços convulsivos – aliás, quase toda a plateia –, Marta e eu nos agarramos num abraço longo e comovido, o que sempre acontecia quando a gente reencontrava alguém que supostamente estava perdido. Ela sobrevivia heroica e dignamente das gorjetas que recebia guardando casacos e chapéus dos clientes de um restaurante chique. Também estava presente Walter, irmão de uma das minhas melhores amigas, que, aos vinte anos, causou espanto em nós quando passou seus trinta dias de férias em Londres, visitando detalhadamente todos os museus. E Maria, minha flatmate, amiga querida e sofrida, que trabalhava como secretária de uma companhia que exportava café do Brasil via Londres. E Gracinha, uma brasileira que, como muitas, tinha conseguido emprego numa destas grandes firmas estatais brasileiras instaladas no estrangeiro, à espera de conseguir um marido inglês rico para poder voltar ao Brasil. Acabou conseguindo. Havia outras pessoas também, alguns circunstantes dos quais nós não nos recordávamos mais.

Ceamos o galo, uma farofa e a melancolia que impregnava o momento com um sabor de amargura. Dormiram quase todos lá em casa, porque não havia transporte.

No dia seguinte, continuamos dentro do apartamento, atados por aquela situação estranha para nosso modelo de sociedade ruidosa. Nas ruas, silêncio e vazio. Me lembro de minha mãe, espantada e inconformada, comentar o que denunciava, ainda que palidamente, o sentimento desagradável que estava no fundo de todos nós. Dizia, a todo momento, que não podia entender como é que não havia ninguém nas ruas, como é que naquele dia até os transportes paravam, quando, no Brasil, este era o dia em que todo mundo saía para a rua, as crianças exibindo seus brinquedos e os adultos exibindo as roupas novas.

Não me lembro de nada, a não ser do silêncio, da melancolia e da solidão. Certamente o menino Jesus deveria estar de alguma forma por ali.

A depressão me massacrava e, certamente, tornou aquele inverno o mais cinzento de todos, dopando quase que inteiramente a minha sensibilidade.

No dia 28 de dezembro, um acontecimento raro em Londres, mais uma vez, veio para mostrar, através das lições da natureza, que, antes da morte, sempre é possível haver alguma fagulha no fundo das situações, pronta a eclodir subitamente pela primeira brecha: o precioso e inesperado espetáculo da neve.

Uma nevada leve, rápida e real. Reação automática, toda gente foi para as janelas e saiu pelas ruas se abraçando, batendo palmas e largando risos no ar. A neve era uma alegria, e eu, como todo mundo, fui envolvida por ela, sem me dar conta daquele festejo que durante meia hora vestiu de movimento e brincadeiras o sóbrio inverno londrino.

Quando a nevada acabou, ainda sob efeito daquela sensação inédita e docemente atordoante, fui entrando em casa com a agradável sensação de que, afinal, eu não estava assim tão incapaz de sentir e reagir. Nem mesmo de me alegrar. Foi quando dei de cara com o carteiro, vindo numa hora não habitual, com um telegrama urgente na mão. Intrigada, abri:

CHEGO VOO 207 ALITALIA 17PT30 PT BEIJOS PT SONINHA

Meu coração congelou. O corpo parecia esvaziado de sangue. Eu não sabia bem se ficava paralisada pelo pavor de não ter nada a mostrar para Soninha, além da minha angústia, ou se pulava de alegria pela sua chegada – nave insólita, tão sonhada – que eu não acreditava mais possível de acontecer. Não havia tempo para escolher emoções. Tinha que correr para chegar na hora certa no aeroporto.

Quando Soninha ultrapassou a alfândega, nos deparamos cimentadas por um profundo cansaço. Nossas lágrimas eram largas, abertas, espalhadas, como cachoeira rente à pedra. Desciam silenciosas, feito água rebelde que sabe estar escapando sem licença de uma rachadura na represa.

Uma diante da outra, a emoção do impossível se concretizava. Da batalha louca que alcançara a conquista, do enfraquecimento permitido pelo alívio e pelo peso da carga da luta sob o qual só então poderíamos nos dobrar. Uma enorme confusão de sensações, o atropelo do tanto por dizer. Tudo nos paralisava.

Olhei o rosto de Soninha e o encontrei velho, desgastado, muito longe dos nossos vinte e pouquíssimos anos. Tive a certeza de que ela sentiu a mesma coisa entre meus esboços de rugas e os agora contáveis cabelos brancos, como se, naquela nossa geração, um fosse o espelho do outro.

O sorriso tristonho e irmão que nos atava era uma centelha acesa no meio de um acampamento na mata escura e incerta da vida que não havíamos propriamente escolhido. Era um sinal, ainda que fraco e inseguro, de que, em algum recanto de nós, havia um atalho e uma crença na futura clareira de uma gargalhada.

Ficamos um tempo sem medida, assim, uma na frente da outra, sentindo, sentindo, sentindo, dizendo sem palavras, amargamente vitoriosas e com o temor de não sabermos o que fazer daquela vitória tão duramente arrancada do ventre dos nãos. E agora? E daí?

Quando finalmente nos seguramos no abraço mais carinhoso, o pranto virou tempestade, o riso virou avalanche, a histeria da realidade não mais esperada nos fez desabar. Nos agarramos com força, como se de algum modo "eles" pudessem ser capazes de armar esta piada cruel só para terem o prazer de nos fazer acreditar numa alucinação de encontro e depois, subitamente, nos fazer desaparecer, uma diante da outra, em pleno saguão do aeroporto de Heathrow, muito além de Copacabana e das salas de tortura.

No turbilhão daquele Natal, escrevi:

Aos ausentes (mesmo na presença) de um Natal estrangeiro

(naquele instante largo
em que a saudade se apossa
da memória)
trazia um peso de antes
e o coração movido
a óleo de teimosia.
o olhar pela janela do natal
recolhia imagens inéditas
entre grades da lembrança.
o parque
- onde não é proibido pisar na grama –
sustentava com orgulho
troncos (rugas) nus sobre uma face porém verde.
o passo dos solitários
traçava caminhadas sem solidão:
mistério, como
ter um coração quente no inverno.
então,
pensei em um a um
e me perguntei: onde?
(naquele instante largo
em que a saudade se apossa
da memória)
todas as perspectivas
estavam cobertas com a mesma cor,
que não era de noite nem de dia
e um céu estranhamente vermelho.
parei
e admiti a necessidade da escolha.
um revolver implacável

dos baús velhos.
meu quero
ficou boiando no ar,
bolha em espera
do sopro
e pus-me a rodocaminhar
embaixo dele,
questionando (a malta e a mente)
então
atravessei os adivinhares
dos cegos de Notting Hill
e traguei fundo frio ar:
natal.
(naquele instante largo
em que a saudade se apossa
da memória)
um natal novo e
seus possíveis
a inutilidade patente
de mastigar
(natais) anteriores
tudo certo e
tudo acontecendo entre
meus dedos
que calor algum conseguiam
deter de entre
os passarantes.
ano que vem
tem outro.

RÉVEILLON

A chegada de Soninha foi o primeiro passo para eu tentar sair da depressão. Havia, pelo menos, o compromisso de mostrar a ela que Londres poderia ser bom, um reviver, e isto me fez, mais uma vez, buscar dentro de mim a esperança. A vontade.

Naquele momento, tudo ainda estava muito pesado, nublado, e, de certo modo, a própria chegada dela me permitiu desarmar a tensão e a firmeza que eu sempre achara que precisava manter para transmitir a ela durante o tempo em que me escrevia.

Agora eu percebia que poderia encarar e sentir, sem defesas, muitas mágoas e dores reprimidas. O desânimo e a dúvida. Talvez fosse este o momento, e não só para mim, em que todos nós, exilados, começaríamos a dolorida incursão pelo terreno de uma autocrítica, de uma reflexão que levaria anos para ser aceita, assimilada e revertida em nova vida.

No dia 31 de dezembro, o telefone me acordou às oito da manhã. Do outro lado da linha, de um jeito tão próximo e cotidiano, Zé, o meu amigo Zé, disse no seu jeitão simples e tão querido:

– Oi. Tê. Tô te telefonando pra perguntar onde é que a gente vai passar o réveillon. Ainda não conseguimos decidir. Onde é que você vai? Nós vamos com você. É claro que suas dicas são sempre quentes. Aliás, acho que aqui no Rio poucas pessoas conseguem ser tão enturmadas como você.

A ternura e a amizade, de repente, faziam desaparecer os milhares de quilômetros entre Londres e o Rio de Janeiro. Me senti aquecida por uma gratidão imensa, pela sensação sem preço de saber que ainda era amada e lembrada. A voz familiar e a brincadeira afetuosa, por um momento, me fizeram viver a mentira gostosa, aquilo que, no Brasil, era meu dia-a-dia. Os amigos telefonavam, perguntando: em que bar a gente vai hoje? Tem alguma coisa genial pra gente fazer? Onde vai ser o réveillon este ano?

Zé, junto com quem restava do nosso grupo, tinha feito uma vaquinha para pagar o telefonema internacional, e me dizer, deste jeito carinhoso, o quanto acreditava e desejava que o ano fosse realmente novo. Jamais me esquecerei da emoção e da força que sua demonstração de calor humano me deu, revitalizando aquela hora de inverno que minha alma atravessava, feito sopa quente num estomago faminto.

Sustentada pelo tênue, porém irreversível revigorar que aquele interurbano me trouxera, pude enfrentar a palhaçada que foi a noite do réveillon.

O embaixador tinha ido para Washington passar o fim de ano com a família. Seu substituto era uma destas figuras absolutamente detestáveis, esculpidas na falsidade e na bajulação, sempre pronto para o oportunismo. Sem saber que eu havia sido sacaneada pela tradicional revista da qual era correspondente e pedira demissão, e sem saber realmente até que ponto meu pai era de fato a pessoa misteriosamente importante e influente no governo, cuja imagem havíamos deixado surgir, assim, diante do mundo oficial londrino, aquela figura sem categoria – e embaixador de plantão –, resolveu, por via das dúvidas, fazer uma festa de réveillon em nossa homenagem. Provavelmente, achando que com isto talvez fosse conseguir alguma vantagem que, para mim, nunca ficou clara.

Mas era preciso manter a fachada. Dopei-me de remédios para não sentir a dor lancinante dos discos da coluna deslocados num acidente de trabalho, vesti-me de longo, maquilei um sorriso e ofereci a Deus o sacrifício daquela noite, que seria uma das mais ridículas de todo o meu exílio.

Para começar, a festa era composta por menos de dez pessoas. À meia-noite, um rádio de pilha de plástico amarelo, imundo, certamente indigno de alguém com tantas pretensões de sofisticação, tocou "All you need is Love", e a voz dos Beatles pareceu um contraste incongruente de verdade naquele momento tão falso, onde tudo que precisávamos era mais que amor.

Depois, como se já não bastasse, a embaixatriz-substituta nos fez delicadamente comer doze uvas verdes cada um, pulando num pé só para dar sorte. Deus devia estar mesmo compreendendo o sacrifício que eu oferecia, porque, não fosse pela ajuda da mão dele, eu não teria conseguido me equilibrar num pé só carregando aquele colete de gesso que ninguém percebia sob o vestido elegante.

Depois, na volta para casa, de carona com outro diplomata, a sensação que tive foi a de estar enlouquecendo: pelas ruas, um silêncio total acompanhava bandos de gente andando quilômetros a pé, de volta aos seus bairros, por falta de condução. E então minha cabeça, numa alucinação louca e ensurdecedora, insistiu em ouvir os sinos, as buzinas, os risos e os cantos de umbanda que durante o resto da noite não me deixaram dormir, como se meu espírito tivesse se libertado do corpo e se cristalizado para sempre numa meia-noite de 31 de dezembro no Rio de Janeiro.

O ANO NOVO

No dia primeiro, meus pais voltaram para o Brasil. Eu e Soninha fomos até Trafalgar Square assistir àquela brincadeira tradicional inacreditável em que os ingleses saíam da água direto para o hospital. Anoitecia e nós duas voltamos a pé para casa. Eu estava cansada, chateada com a partida dos meus pais e com a perspectiva de que talvez nunca mais a família fosse estar toda reunida em volta de uma mesa. Me machucava ter um sobrinho que não conhecia, mas que Soninha ia descrevendo com detalhes carinhosos.

Quando chegamos em casa, a tristeza havia instalado entre nós o silêncio que não exigia palavras para podermos comungar os sentimentos. Eu queria dormir o sono dos comprimidos, daqueles que não me dariam pesadelos nem cansaços, muito menos sonhos inúteis. Passei pela porta sempre aberta dos nossos flats, desejei um happy new year aos vizinhos, dei um beijo em Soninha e fui direto para o quarto.

– André?

Na minha cama, emagrecido e sorrindo à vontade, como uma miragem, lá estava André. O meu André. Como? Como podia ser verdade?

Ele me estendeu a mão e disse, sorrindo:

– Eu não disse que na volta passaria por aqui primeiro?

A surpresa era tanta que eu não conseguia nem falar, nem pensar nada.

– Agora fecha a porta, que eu tenho muito pra te contar desta viagem aos limites de mim mesmo.

Calado, André me despiu devagar, com a fome sem pressa de

quem está cheio de certezas. Beijou-me de leve, transbordante de ternura, como só faz quem ama. Da cabeça aos pés, meu corpo estremecia de emoção, e seus beijos teciam sobre mim um cobertor de flores. Me senti transformada de matéria em beleza pura, num estado de graça que antes não conhecera, e chorava um pranto desconhecido, inédito: era a felicidade se derramando sob a plenitude do momento, orvalhando a paz do nosso encontro.

Nosso momento foi solene e bonito como um pacto, pleno como um casamento.

Seu beijo completou minha boca, e eu compreendi que, enquanto pudesse tê-lo ao meu alcance, não haveria brechas para dúvidas, amarguras ou desesperos. O beijo meu e de André era o prenúncio da perfeição, era o primeiro espalhar manso e sólido do orgasmo que sempre soubéramos estar guardado em nossos ventres, em nossas entranhas, esperando pelo momento da penetração, da consagração em que o pão e o vinho, o corpo e o sangue, se transformariam num estado de amor, numa fusão inebriante e linda, depois de tanto tempo de esperança. Aquele instante, que valeu por todos os perdões, foi como uma Páscoa repleta de ressurreições verdadeiras.

LIVRE

Três da madrugada o telefone tocou. Onze horas da noite no Brasil. Soninha me chamou:

– Tê? Teu pai. Mensagem urgente, diz ele.

Sonolenta, levantei do abraço adormecido de André.

– Oi, pai, tudo bom?

– Adivinha, adivinha o que aconteceu – falou meu pai, entusiasmado.

Não, eu não podia adivinhar o que poderia causar tamanha emoção, uma vibração tão violenta na voz do meu velho.

– Como é que posso adivinhar, pai? Diz logo. Pelo jeito deve ser coisa boa.

– E é. O Modesto acabou de ter uma longa conversa comigo. Me disse, afinal, que você pode voltar. Que você pode voltar, Teresa! Depois de todos esses anos, você pode vir pra casa na hora que quiser. Eu nem acreditava mais que isso poderia acontecer um dia, meu Deus.

Meu coração galopava e relinchava no peito, como um cavalo bravo.

– O quê? Tem certeza? Como assim? O que aconteceu tão de repente? – O sol, a praia, a Ipanema, Ouro Preto, a fazenda, o Nordeste. Tudo possível, tudo existindo de novo, não podia ser verdade!

– Não foi de repente, filha. Bem que eu nunca perdi a fé em São Judas! Você sabe que faz tempo que a gente vem batalhando, e agora o último processo que poderia te implicar de alguma forma foi julgado, e o Modesto garante que não há mais riscos.

– Tem certeza, papai?

Soninha sentada no chão do corredor, tentava entender a conversa. André, dormia na minha cama o cansaço da ausência que poderia ter sido sem volta como tantas outras, e eu – que ideia ridícula – senti uma vontade repentina de comer uma baguete de ameixa preta que só tinha na Colombo...

– Claro, meu amor, tenho certeza. Agora você pode marcar sua passagem de volta e vir na hora que quiser. Claro, a gente prevê alguns aborrecimentos de rotina, como interrogatórios, talvez, não sei, mas nada de muito grave. Além disso, graças a Deus, a barra parece que já está mais leve mesmo, e suas implicações não são assim tão graves para justificar uma prisão agora. Já passou tanto tempo... E então, está feliz?

– Lógico, pai, lógico. Tô tão feliz que fiquei besta, não dá nem pra falar direito. Deixa eu pensar com mais calma, preciso ver o que vou fazer. Amanhã de noite eu te ligo. De qualquer jeito, em princípio, acho que vou terminar a faculdade, já que só faltam mais cinco meses, tá legal? Dá um beijo na mamãe.

– Filha... No dia em que você chegar, vamos fazer uma feijoada. Uma feijoada como aquelas que a gente fazia sempre aqui, antigamente, e vamos convidar todos os seus amigos.

– Tá legal, pai. Um beijo.

Que amigos, pai? Que amigos tinham restado para comer uma feijoada na sala do apartamento enorme da minha adolescência, há muito dissolvida em emoções sofridas demais?

Expliquei sem detalhes a situação a Soninha, e me abriguei aturdida no sono de André.

DÚVIDA

Aquele inverno foi um mergulho dolorido e sem concessões nos meus questionamentos. Não havia mais a pressão da desesperança: eu podia voltar a qualquer momento, e talvez isso tenha me permitido chegar realmente a Londres.

Protegendo meus sentimentos confusos sob o velho casacão da marinha inglesa, percebi que, durante todo aquele tempo, eu havia me impedido de criar laços reais com pessoas ou lugares ali, para evitar a situação, talvez insuportável, de uma nova perda, caso um dia eu fosse mesmo embora de Londres.

O fato de poder entender que nem tudo em minha vida tinha tido a conotação de um exílio, me permitiu, mesmo diante da probabilidade de uma partida próxima, me afeiçoar a alguns pubs, ao bairro em que eu morava, aos colegas da faculdade e descobrir, com espanto, que, mesmo sem perceber, eu fora amada sinceramente por várias das pessoas que conhecera.

As sessões de análise foram me desnudando cada vez mais. Gradativamente, fui demolindo, pedra por pedra, os muros da solitária em que minha depressão me isolara e comecei então a ver uma Europa diferente, talvez mais verdadeira.

O trabalho político agora era quase sistemático e não nos exigia mais o mesmo esforço e sobressaltos de antes. De uma forma ou de outra, os companheiros estavam reconstruindo suas vidas na Suécia, na França, na Alemanha, em Portugal, em toda parte. Uma filtragem natural começou a clarear definitivamente o panorama, e não confundíamos mais os verdadeiros exilados com os que apenas se aglomeravam para criar um folclore sobre as nossas feridas.

Quem não tinha nada a ver com a política estava voltando em massa para o Brasil.

Eu terminava a faculdade e sentia uma saudade antecipada dos colegas, muitos deles estrangeiros que voltariam para os seus países levando, como eu, uma lição fundamental de respeito humano aprendida em Londres. Eu pensava que, finalmente, poderia escrever meus livros, cumprir minha missão de sobrevivente, contar os fragmentos da História que eu vira e sofrera.

Meu amor por André foi se tornando fundo e sem pressa, apesar de nos vermos apenas a cada quinze ou vinte dias. Tínhamos um passado, uma dor igual, um trabalho político assumido e sonhos com espaço para serem tentados. Tudo nos unia. Soninha conseguira uma bolsa para estudar psicologia em Louvain, na Bélgica, e partiria breve.

Assim, parecia que Londres, seguindo a ordem natural da vida, era mais um ciclo que se aproximava do fim. À espera de uma primavera cuja certeza eu novamente adquirira, eu tentava encontrar no meu coração convalescente a indicação sobre qual seria o passo certo para iniciar o próximo ciclo vital que se aproximava como uma nova chance de ser feliz. Por que não? Mesmo sabendo de como seria árduo reconstruir sobre os escombros de mim mesma, isso seria possível.

Na vitrola e na dúvida, Milton Nascimento: *"Eu já estou com o pé nessa estrada/qualquer dia a gente se vê/ sei que nada será como antes/ amanhã/ Que notícias me dão dos amigos?/ Que notícias me dão de você?/ Sei que nada será como está/ Amanhã ou depois de manhã/ Resistindo na boca da noite um gosto de sol..."*

DECISÃO

Maio sorria em Paris quando desembarquei em Le Bourget. Como da primeira vez, entardecia, e as luzes da cidade chamada Luz estavam inexplicavelmente acesas. Como daquela vez, só eu entendia que homenagem secreta me prestava a pátria da minha alma e da minha infância.

Peguei o ônibus até a estação dos Invalides, entrei no metrô e desci em pleno coração vibrante do Quartier. Quase correndo, passei sem ver pelas vitrines e livrarias que eu amava, para encontrar André com seus livros, sua vitrola e seu imenso colchão. Com sua capacidade de ser tanto.

– Tê? Assim, de surpresa?

– Eu queria mesmo te fazer uma surpresa. Me formei na faculdade há alguns dias e vim sem te avisar. De propósito.

André engoliu em seco a tristeza e tentou sorrir.

– Então você se formou, afinal. Quer dizer que está arrumando as malas e vai ser mais uma das brilhantes e inexistentes, oficialmente, é claro, sociólogas que o Brasil guarda escondido debaixo da trapaceira manga governamental?

– Agora, boa cidadã brasileira que sou, vou pendurar sobre a privada o meu diploma inútil de uma profissão que não existe no meu país, e deixá-lo bem à vista do público em geral. Isso só depois de entregá-lo, embrulhado em celofane e com fita de cetim, ao meu orgulhoso pai, que sempre sonhou em me ver formada.

André ficou sério.

– Quando é que vai ser isso?

– Não sei.

– Como não sabe?

– Ainda não resolvi de que jeito vou entregar o diploma ao meu pai, se pelo correio, se por algum portador ou quando ele aparecer por aqui.

– Como assim?

– Como assim o que, André?

– Você não vai voltar pro Brasil?

– Não vou voltar pro Brasil.

– Teresa, você ficou louca? Você pode voltar a qualquer momento, você sabe disso. É o que todos nós queremos, não é?

– É, André? Tem certeza? Pode me dizer o que é que eu iria fazer no Brasil? Fora, claro, ir à praia regularmente, tomar chope nos bares de Ipanema, ler os autores europeus que não foram censurados, passar umas semanas santas em Ouro Preto, ou, talvez, quem sabe, me casar com algum executivo em crescimento na empresa.

– Teresa, escuta, você está falando sério? Que brincadeira é essa que resolveu fazer comigo?

Me pendurei no pescoço de André e obriguei-o a me encarar.

– Eu estou dizendo, André, que não vou voltar pro Brasil.

– Posso saber por quê?

– Pode. Em primeiro lugar, porque eu te amo e não suportaria nem por um minuto a mais a ideia de te perder, de viver longe de você. Muito menos de deixar você dando sopa por aqui com tanta mulher gostosa te querendo.

– Sua boboca, deixa de brincadeira. Você sabe que eu também te amo. E que mulher, neste mundo, pra mim, só tem uma, e é você.

– Diante de uma declaração de amor destas, acha que eu poderia ser tão idiota a ponto de voltar pro Brasil e deixar de ser feliz com você, só pra dizer que voltei e que tenho o orgulho de ser uma exilada que venceu o governo? Pensa bem, André, você acha que faz algum sentido eu me exilar de você, do teu amor? Você se exilaria de mim?

– Não, acho que não.

– Se eu pudesse ir junto com você, talvez pensasse duas vezes. Mesmo assim, não sei. Resta pouco a fazer lá, agora. Ainda não me parece ser o momento. Tenho, assim, uma sensação de que estou muito mais identificada aqui, que tenho muito mais a ver com a realidade da Europa do que com a do Brasil. Não posso entender bem a ideia de cair de paraquedas subitamente por lá e me ver cerceada, censurada, sem poder trabalhar, sem ter a quem amar, amargando as perdas e as saudades de sempre. O que é que eu poderia fazer pelo meu país e pelo meu povo agora? Concretamente, nada. Nem eu me sinto preparada. Não é a hora ainda, André. Sinto saudades da família, é obvio. Eles são praticamente tudo o que me restou lá. Mas não consigo ver muitas coisas mais na minha espera. Pelo menos, nada que valha a pena agora.

– Tem certeza do que está falando?

– Tenho, André. A gente sofreu demais. Quero me dar um tempo. Um tempo de viver. Lembra daquela música antiga do Moustaki? Quero ser feliz um pouco. Quero pelo menos algum sossego, sem sobressaltos e ameaças. Me permitir ser egoísta e viver uma vida bem doméstica ao lado do homem que eu amo. Fazer o curso que eu sonhava fazer desde o colégio de freiras, Sciences Politiques, na Sorbonne, na insubstituível Sorbonne, e escrever um livro. É pecado, André? Estou errada? Quero ser feliz e acho que agora, neste momento, nenhum dos nossos companheiros me condenaria por isso. Nem os mortos, nem os vivos, nem os que ainda sobraram por lá. Quero ser feliz um pouco. Pode ser, companheiro André? Pode ser?

– Pode, meu amor. Se depender de mim, você vai ser feliz sempre, não vai sofrer nunca mais.

– André, eu tenho uma certeza: vai chegar uma hora, um dia, um tempo, em que nós todos vamos poder voltar. Todos nós. A revolução verdadeira, junto com o povo, dentro do povo, não vai ser mais a amarga lembrança de uma falha cruel, nem um sonho inalcançável. Vai ser a realidade que nós, a nossa geração, o que sobrou dela, pelo menos, melhor do que ninguém, vai poder deslanchar de verdade. Você não acredita nisso também, André?

– Escuta, sua boboca, não vale fazer chorar um bravo guerrilheiro como eu.

– Olha aqui, moço bonito: aquela sua proposta ainda está valendo? Acho que resolvi aceitar.

– Que proposta?

– A de ser sua mulher, claro. Tem que ser pra valer. De véu e grinalda. Porque eu não dispenso os sonhos da minha formação mineira, nem a bênção do Deus que nos juntou milagrosamente, tá legal?

– Você sabe o risco que corre se tornando minha esposa, oficialmente? Sabe que isso pode significar você não conseguir mais voltar pro Brasil, ou seja, exilar-se de novo e de vez, voluntariamente?

– Sei. Acontece, André, que eu te amo. Que eu te amo muito. E eu escolho você.

Pátria estrangeira
Onde é a tua pátria?
– minha pátria é no teu corpo
pois que nasci nos teus olhos
Nos teus braços me criei
minha pátria é no teu beijo
pois que lutei por teus sonhos

e amei teus desencantos
e cresci em tuas mãos
minha pátria era o teu passo
que marchava num caminho
me guiando entre distâncias
me trazendo para ti
e eis que agora que te tenho
que te encontro
pátria minha, amado meu
é neste amor que hei de viver
é neste amor que sei viver
é neste amor que não me morro mais
estrangeira que fui
longe de ti.

Para conhecer outros lançamentos da editora,
Visite seu site:
https://www.inmediares.com.br/